# 信長は生きていた!

小川大介
悠貴保登史

文芸社

# 読者《どくしゃ》の皆《みな》さんへ

ぼくは、小学生《しょうがくせい》の男《おとこ》の子《こ》です。ぼくのおじいちゃんとおとうさんは、本能寺《ほんのうじ》で殺《ころ》された織田信長《おだのぶなが》を非常《ひじょう》に尊敬《そんけい》していて、四十九歳《よんじゅうきゅうさい》で死《し》んだということを残念《ざんねん》がって話《はな》してくれます。

もし、明智光秀《あけちみつひで》が信長《のぶなが》を殺《ころ》さなければ、信長《のぶなが》は海外《かいがい》と貿易《ぼうえき》をして秀吉《ひでよし》のような無茶《むちゃ》なことをしないで、「歴史《れきし》も変《か》わっていたのではないだろうか」と口癖《くちぐせ》のように言《い》っています。

そこで、ぼくは、もし信長《のぶなが》が生《い》きていたとしたら、どうなっただろうと考《かんが》え、おじいちゃんとおとうさんと三人《さんにん》でいろいろお話《はなし》をしました。

すると、おとうさんは、「ファンタジー小説《しょうせつ》として信長《のぶなが》の夢《ゆめ》を語《かた》ったらおもしろい！」と言《い》ったので、ぼくは自分《じぶん》の頭《あたま》の中《なか》にあった信長《のぶなが》について夢《ゆめ》のようなことを書《か》いてみました。

文章《ぶんしょう》は、おじいちゃんとおとうさんが直《なお》してくれましたが、お話《はなし》は、ぼくの発想《はっそう》・考《かんが》えです。

ぼくは発明《はつめい》が好《す》きで、浮揚機《ふようき》、ホバークラフトを道路《どうろ》で使《つか》うという発想《はっそう》をしたら、イギリスで最近《さいきん》ぼくと同《おな》じ発想《はっそう》で街《まち》の道路《どうろ》で使用《しよう》されたという記事《きじ》が新聞《しんぶん》に出ていました。考《かんが》え方《かた》は、ぼくのほうが早《はや》かったようです。

このお話《はなし》は、十七章《じゅうななしょう》に分《わ》かれています。

大坂夏《おおさかなつ》の陣《じん》のときには、淀君《よどきみ》と秀頼《ひでより》は信長《のぶなが》の化身《けしん》が乗《の》り移《うつ》ったサンボーラー（三法師《さんほうし》）の導《みちび》きで薩摩《さつま》から月《つき》の世界《せかい》に脱出《だっしゅつ》します。多《おお》くの忍者《にんじゃ》が魔術《まじゅつ》を使《つか》って活躍《かつやく》し、信長《のぶなが》の大砲《たいほう》などの武器《ぶき》も登場《とうじょう》します。日本《にほん》の忍者《にんじゃ》たちは、西洋《せいよう》の魔術師《まじゅつし》に勝《か》ったのです。

信長《のぶなが》を殺《ころ》したのは、この本《ほん》に書《か》かれているようにイエズス会《かい》が黒幕《くろまく》で、細川《ほそかわ》と朝廷《ちょうてい》の策《さく》に乗《の》った光秀《みつひで》が直接《ちょくせつ》の犯人《はんにん》ですが、ねねは忍者《にんじゃ》を使《つか》っていたので、そのことをすべて知《し》っていました。信長殺《のぶながごろ》しにねねも加担《かたん》していたかもしれないのです。おそろしい信長《のぶなが》と秀吉《ひでよし》の首《くび》をすげ替《か》えをしたのは、イエズス会《かい》でした。秀吉《ひでよし》もねねから聞《き》いていたので、本能寺《ほんのうじ》の変《へん》のときには素早《すばや》く手《て》をうって信長《のぶなが》に代《か》わって天下布武《てんかふぶ》を行《おこな》いました。信長《のぶなが》はサンボーラーとともに生《い》きていたので、天下布武《ふぶ》は信長《のぶなが》、サンボーラー、ねね、秀吉《ひでよし》の四人《よにん》の力《ちから》で成功《せいこう》させたのです。

徳川《とくがわ》にはじまり幕末《ばくまつ》、明治《めいじ》、大正《たいしょう》、昭和《しょうわ》、そして平成《へいせい》と、今《いま》も信長《のぶなが》、サンボーラーの精神《せいしん》がかげで活躍《かつやく》しつづけています。

信長《のぶなが》は生《い》きていた！　◎もくじ◎

# 第《だい》一章《しょう》　本能寺《ほんのうじ》の変《へん》

織田信長《おだのぶなが》が本能寺《ほんのうじ》の変《へん》で倒《たお》れた、その明《あ》け方《がた》のことでした。

信長《のぶなが》は襲《おそ》われて戦《たたか》いましたが、多勢《たぜい》に無勢《ぶぜい》、森蘭丸《もりらんまる》とともに燃《も》え盛《さか》る焔《ほのお》のなかに入《はい》り、割腹《かっぷく》して果《は》てたというように伝《つた》えられています。

しかし、事実《じじつ》はそうではなかったのです。

本能寺《ほんのうじ》の離《はな》れの奥《おく》の部屋《へや》の地下《ちか》の床下《ゆかした》に地下道《ちかどう》の抜《ぬ》け道《みち》がありました。

小姓《こしょう》の森蘭丸《もりらんまる》と松千代《まつちよ》とともに床下《ゆかした》から地下道《ちかどう》に下《くだ》り、そして入《い》り口《ぐち》のふたをして地下道《ちかどう》をまっしぐらに走《はし》って抜《ぬ》け出《だ》しました。

この地下道《ちかどう》は、なんと琵琶湖《びわこ》までつづいていたのです。

途中《とちゅう》に五カ所《ごかしょ》、空気抜《くうきぬ》きの井戸《いど》もあり、うまくくり抜《ぬ》かれた平《たい》らな道《みち》ができていました。

蘭丸《らんまる》と松千代《まつちよ》に左右《さゆう》から抱《だ》きかかえられた信長《のぶなが》は、倒《たお》れそうになりながら二人《ふたり》に引《ひ》きずられるようにしてひた走《はし》りに走《はし》って、琵琶湖《びわこ》の大津《おおつ》を目指《めざ》しました。真《ま》っ暗《くら》なトンネルをくぐり抜《ぬ》けるまで、主従三人《しゅじゅうさんにん》は何度《なんど》も倒《たお》れそうになりながら必死《ひっし》になって歩《ある》きつづけました。

松千代《まつちよ》は歩《ある》きながら、

「殿《との》、しっかりしてください。もうすぐ琵琶湖《びわこ》に出《で》ます」と励《はげ》ましました。

「予《よ》はもうだめだ。そちら二人《ふたり》は長浜《ながはま》の秀吉《ひでよし》のねねのもとに行《ゆ》け」

「何《なに》を気《き》の弱《よわ》いことを。殿《との》、がんばって明智《あけち》を討《う》ちましょう。明智《あけち》を絶対《ぜったい》に許《ゆる》さないぞ」

「もうだめだ」

「しかし殿《との》、なんとか生《い》き延《の》びて秀吉殿《ひでよしどの》や徳川殿《とくがわどの》の力《ちから》で光秀《みつひで》をたたいて、もう一度《いちど》もとのように天下布武《てんかふぶ》をお進《すす》めください」

また、蘭丸《らんまる》は、

「殿《との》、長浜《ながはま》で静養《せいよう》なされませ。体《からだ》をもとにもどさなければなりません」

「いや、このように手足《てあし》が不自由《ふじゆう》になってしまった。しかも片目《かため》はもうつぶれてしまった。やけどのためにとても見《み》られる顔《かお》でなくなったのを予《よ》は知《し》っている。もうなんともならん、無念《むねん》だ」

「いや、大丈夫《だいじょうぶ》です。殿《との》はもともとお体《からだ》が丈夫《じょうぶ》ですから、がんばって光秀《みつひで》の首《くび》を取《と》り、もう一度天下布武《いちどてんかふぶ》をやり直《なお》しましょう」

と蘭丸《らんまる》は言《い》いました。松千代《まつちよ》も、

「殿《との》、そのとおりです。蘭丸殿《らんまるどの》の言《い》うとおりです。がんばって早《はや》く琵琶湖《びわこ》に出《で》て、長浜《ながはま》に参《まい》りましょう」

蘭丸《らんまる》と松千代《まつちよ》は、信長《のぶなが》を両方《りょうほう》から抱《かか》えて引《ひ》っ張《ぱ》るようにして歩《ある》きました。信長《のぶなが》は頑健《がんけん》な体《からだ》をもっていましたが、手足《てあし》が不自由《ふじゆう》になってしまいました。

「蘭丸《らんまる》、予《よ》はもうだめだ」と信長《のぶなが》は弱気《よわき》になっていました。

「いや殿《との》、がんばって行《い》きましょう。琵琶湖《びわこ》の出口《でぐち》に行《い》くと舟《ふね》が隠《かく》されています。その舟《ふね》に乗《の》って湖水《こすい》を渡《わた》り、長浜城《ながはまじょう》の秀吉殿《ひでよしどの》のところに参《まい》られれば、ねね様《さま》もおられるしなんとかなると思《おも》います」

「よし、そうか。それではもうひと踏《ふ》んばりしよう」

主従三人《しゅじゅうさんにん》は、一本《いっぽん》のたいまつを頼《たよ》りにトンネルのなかをよろめきながら歩《ある》いて行き、やっとの思《おも》いでトンネルを抜《ぬ》けました。長《なが》い道《みち》のりでした。

本能寺《ほんのうじ》の地下道《ちかどう》は、天正八年二月二十六日《てんしょうはちねんにがつじゅうろくにち》、信長《のぶなが》が本能寺《ほんのうじ》に泊《と》まったとき、村《むら》井春長軒《いしゅんちょうけん》に普請《ふしん》を命《めい》じましたが、秀吉《ひでよし》もその監督《かんとく》にかかわっていました。

抜《ぬ》け目《め》のない秀吉《ひでよし》は、万一《まんいち》のときを考《かんが》えて村井《むらい》に指示《しじ》をして、琵琶湖《びわこ》への脱出《だっしゅつ》地下道《ちかどう》を掘《ほ》ることを考《かんが》えていました。しかし、信長《のぶなが》に知《し》られると、「よけいなことをするな」と怒鳴《どな》られるおそれがあったので、秀吉《ひでよし》、村井《むらい》と近習《きんじゅう》の森蘭丸《もりらんまる》の三《さん》人《にん》の秘密《ひみつ》にして、工事《こうじ》は内密《ないみつ》に行《おこな》われました。秀吉《ひでよし》の工事《こうじ》の手法《しゅほう》によって、十分《じゅうぶん》割《かつ》、請負制《うけおいせい》で極秘《ごくひ》に行《おこな》われて秀吉《ひでよし》が完成《かんせい》させたのです。

信長《のぶなが》に万一《まんいち》のことがあれば、琵琶湖《びわこ》より自分《じぶん》の居城《きょじょう》に迎《むか》え入《い》れるという秀吉《ひでよし》の算段《さんだん》もあったのです。

真田《さなだ》の忍者《にんじゃ》、猿飛佐助《さるとびさすけ》、霧隠才蔵《きりがくれさいぞう》、三好入道《みよしにゅうどう》はすでに蘭丸《らんまる》に従《したが》っていました。秀吉《ひでよし》、ねねの命令《めいれい》で、朝廷《ちょうてい》、イエズス会《かい》、公卿《くぎょう》、大名《だいみょう》、特《とく》に光秀《みつひで》・家康《いえやす》の動向《どうこう》を探《さぐ》っていたのです。

六月一日《ろくがつついたち》に、三人《さんにん》は蘭丸《らんまる》に報告《ほうこく》するために本能寺《ほんのうじ》の別室《べっしつ》に泊《と》まっており、光秀《みつひで》の襲撃《しゅうげき》に出《で》くわしたのです。三人《さんにん》の忍者《にんじゃ》は信長《のぶなが》の脱出《だっしゅつ》を見届《みとど》けて光秀軍《みつひでぐん》にまぎれて、大津《おおつ》の港《みなと》に向《む》かったのです。

このとき、信長《のぶなが》は三人《さんにん》の忍者《にんじゃ》に「予《よ》の兜《かぶと》と陣羽織《じんばおり》が安土城《あづちじょうさい》最上階《じょうかい》の七層《ななそう》の特別《とくべつ》の部屋《へや》に二《ふた》つ安置《あんち》してある。一《ひと》つは予《よ》の子供《こども》のときに着用《ちゃくよう》した三歳《さんさい》から八歳《はっさい》までの軽《かる》いものと、もう一《ひと》つは予《よ》が今使《いまつか》っている九歳《きゅうさい》から大人用《おとなよう》のものである。それをなんとか持《も》ってきてほしい」と言《い》ったのです。この伝言《でんごん》は、本能寺《ほんのうじ》の明智《あけち》方《かた》に乗《の》り込《こ》んでいた真田《さなだ》の忍者《にんじゃ》により弟《おとうと》の三好伊佐入道《みよしいさにゅうどう》に伝《つた》えられました。入道《にゅうどう》は、ただちに安土城《あづちじょう》に空飛《そらと》ぶ円盤《えんばん》で飛《と》んでゆき、その兜《かぶと》と陣羽織《じんばおり》を抱《だ》きかかえて無事《ぶじ》に長浜城《ながはまじょう》のねねのもとに届《とど》けました。

大津《おおつ》では、長浜城《ながはまじょう》に落《お》ち延《の》びる手《て》はずを整《ととの》えて真田《さなだ》の忍者猿飛佐助以下三人《にんじゃさるとびさすけいかさんにん》は琵琶湖《びわこ》への脱出口《だっしゅつこう》の二艘《にそう》の舟《ふね》のそばで、信長《のぶなが》・蘭丸《らんまる》の一行《いっこう》を待《ま》ち受《う》けていました。信長《のぶなが》・蘭丸《らんまる》たちが大津《おおつ》の港《みなと》に姿《すがた》を現《あらわ》すと、一行《いっこう》は二艘《にそう》の小舟《こぶね》に乗《の》り移《うつ》りました。何事《なにごと》もなかったかのように目《め》の前《まえ》には琵琶湖《びわこ》が広《ひろ》がり、夕焼《ゆうや》けの残照《ざんしょう》が輝《かがや》いていました。

湖上《こじょう》に出《で》ると、比良《ひら》の山並《やまな》み、瀬田《せた》、彦根《ひこね》が望見《ぼうけん》されました。信長自慢《のぶながじまん》の安土城《あづちじょう》が、夏《なつ》の日差《ひざ》しにキラキラと金色《きんいろ》に輝《かがや》いていました。

信長《のぶなが》は舟底《ふなぞこ》にへばりついて、蘭丸《らんまる》と忍者二人《にんじゃふたり》が覆《おお》いかぶさって守《まも》っていました。信長《のぶなが》は、時折《ときおり》身《み》を起《お》こして輝《かがや》いている安土城《あづちじょう》をじっと見《み》つめていましたが、気《き》丈《じょう》な信長《のぶなが》でも涙《なみだ》がうっすらと浮《う》かんでいました。

「金銀財宝《きんぎんざいほう》が光秀《みつひで》の手《て》に渡《わた》ると思《おも》うと無念《むねん》じゃ。予《よ》がつくった七層《ななそう》の天守閣《てんしゅかく》も焼《や》かれてしまうと思《おも》うと、いても立《た》ってもおれぬ。予《よ》は悪夢《あくむ》を見《み》ているようだ。蘭丸《らんまる》、どうしたらよいか」

「殿《との》、私《わたし》も残念《ざんねん》です。今《いま》は一時《いっとき》も早《はや》く秀吉《ひでよし》さまの長浜城《ながはまじょう》にまいり、再起《さいき》をはかりましょう。安土城《あづちじょう》の倍以上《ばいいじょう》の大《おお》きい立派《りっぱ》な城《しろ》を天下布武《てんかふぶ》のためつくりましょう」

と蘭丸《らんまる》はなぐさめました。

湖上《こじょう》は、いつもより舟《ふね》の往来《おうらい》がはげしいようでした。

「われわれは明智《あけち》の手《て》の者《もの》だ。信長《のぶなが》はわれわれが討《う》ち取《と》った。そこの舟《ふね》、とまれ。金《かね》も持《も》ち物《もの》も一切合財《いっさいがっさい》おいて舟《ふね》より去《さ》れ」

と怒鳴《どな》りながら近《ちか》づいてきました。

「相手《あいて》になるな。金貨《きんか》二《に》、三枚《さんまい》を近《ちか》づいてきた舟《ふね》にばらまけ。それでもつきまとうならたたき斬《き》れ」

と信長《のぶなが》の凛《りん》とした声《こえ》。戦《たたか》いのときの信長《のぶなが》のあの勇《いさ》ましい声《こえ》です。

ばらまかれた小舟《こぶね》のなかでは雑兵《ぞうひょう》たちが小判《こばん》をめぐって奪《うば》い合《あ》いを始《はじ》め、殴《なぐ》り合《あ》いが激《はげ》しくなりました。頭目《とうもく》らしき鎧《よろい》をつけた武士《ぶし》が信長《のぶなが》の舟《ふね》に手《て》をかけて乗《の》り移《うつ》ろうとしたとき、蘭丸《らんまる》の刀《かたな》が振《ふ》り下《お》ろされました。あっと言《い》う間《ま》に敵《てき》の首《くび》が飛《と》びました。近《ちか》づいた舟《ふね》のなかの雑兵《ぞうひょう》は驚《おどろ》き飛《と》び上《あ》がって、水《みず》のなかに飛《と》び込《こ》んで逃《に》げました。

信長《のぶなが》を乗《の》せた二艘《にそう》の小舟《こぶね》は必死《ひっし》になって長浜《ながはま》めざして進《すす》んでいきました。光秀《みつひで》軍《ぐん》が攻撃《こうげき》をしているのか、湖岸《こがん》のあちこちで火《ひ》の手《て》が上《あ》がっているのが見《み》えました。近《ちか》づいてくる光秀軍《みつひでぐん》の小舟《こぶね》に、忍者《にんじゃ》たちは呪文《じゅもん》をとなえ忍術《にんじゅつ》を使《つか》いました。

粉火薬《こなかやく》に包《つつ》まれた火《ひ》ゴマを舟《ふね》のなかの雑兵《ぞうひょう》に投《な》げつけると、体《からだ》にへばりついた火《ひ》ゴマがパンパンとはじけて体中火《からだじゅうひ》ダルマになり、湖《うみ》に飛《と》び込《こ》んで逃《に》げまどいました。向《む》かってくる銃《じゅう》をもった敵兵《てきへい》には短銃《たんじゅう》で撃《う》ちまくり、退散《たいさん》させました。

日《ひ》が沈《しず》む頃《ころ》になってようやく長浜《ながはま》に着《つ》き、長浜城《ながはまじょう》の城門《じょうもん》をたたきました。

「蘭丸《らんまる》だ、森《もり》だ。開《あ》けてくれ」

と番兵《ばんぺい》の兵士《へいし》に叫《さけ》びました。

「ちょっとお待《ま》ちください」

番兵《ばんぺい》はねねのところに走《はし》っていきました。

「ねね殿《どの》に会いたい」

と再《ふたた》び蘭丸《らんまる》が叫《さ》ぶと、ねねは姿《すがた》を現《あらわ》しました。

すでに信長《のぶなが》は本能寺《ほんのうじ》で討《う》たれて殺《ころ》された、という知《し》らせが入《はい》っていましたので、ねねは蘭丸《らんまる》を見《み》て、

「蘭丸殿《らんまるどの》、よくぞ生《い》きておられました。その側《そば》の方《かた》はどなたですか？」

と傷《きず》ついた手足《てあし》の不自由《ふじゆう》な信長《のぶなが》を指《ゆび》さしたのです。

「ねね殿《どの》、この方《かた》は殿《との》ですよ」

「えっ!!」

ねねは飛《と》び上《あ》がらんばかりに驚《おどろ》いて、思《おも》わず倒《たお》れそうになったのです。

「殿《との》、殿《との》ですか？」

「そうじゃ、予《よ》だ。情《なさ》けないことになった。予《よ》はもう昔《むかし》の元気《げんき》はなくなった」

「殿《との》、しっかりしてください。声《こえ》は信長様《のぶながさま》だ」

あの美丈夫《びじょうぶ》の堂々《どうどう》たる姿《すがた》はどこにもありませんでした。ねねは、信《しん》じられない思《おも》いで涙《なみだ》ぐんだのです。

「殿《との》、どうぞ早《はや》く中《なか》に入《はい》ってお休《やす》みくださいませ。明智《あけち》の軍勢《ぐんせい》がやがてここへ乗《の》り込《こ》んでくるという噂《うわさ》ですので、一刻《いっこく》の猶予《ゆうよ》もなりませぬが、ちょっとだけお休《やす》みください。すぐ裏山《うらやま》の隠《かく》れ家《が》に参《まい》ります」

とねねは言《い》いました。信長《のぶなが》は、

「かたじけない。ねねよ」

と門《もん》をくぐって城内《じょうない》に入《はい》りました。

「ねね、予《よ》は腹《はら》が減《へ》ってたまらん」

# 第一章　本能寺の変

「そうでしょう。ここまでお忍《しの》びで来《こ》られたのは本当《ほんとう》に幸運《こううん》ですよ」

ねねは、信長《のぶなが》を城内《じょうない》の秀吉《ひでよし》の部屋《へや》に入《い》れました。

周囲《しゅうい》の兵士《へいし》は、これがあの颯爽《さっそう》としていた信長《のぶなが》だとは誰《だれ》も気《き》がついていませんでした。

信長《のぶなが》は腹《はら》ごしらえをして、

「ねね、どこへ行《い》くのか」と聞《き》きました。ねねは、

「この裏《うら》の山奥《やまおく》に行《い》くと洞窟《どうくつ》があります。ちょっとした出城《でじろ》のような隠《かく》れ城塞《じょうさい》です。そこへ皆《みな》と移《うつ》ることにしております」

「そうか。予《よ》が信長《のぶなが》であるということは、一切皆《いっさいみな》の衆《しゅう》に知《し》られぬようにしてくれ」

「わかりました」

とねねは答《こた》えました。

そのとき、信長《のぶなが》の孫《まご》の三法師《さんぼうし》（サンボーラー）が長浜城《ながはまじょう》に来《き》ました。信長《のぶなが》はサ

ンボーラーにねねから受《う》け取《と》った小《ちい》さい兜《かぶと》と陣羽織《じんばおり》を与《あた》えました。サンボーラー用《よう》の小型《こがた》の兜《かぶと》は、信長《のぶなが》の兜《かぶと》をそっくりそのまま縮小《しゅくしょう》したつくりになっています。派手好《はでこの》みの信長《のぶなが》らしく、人目《ひとめ》をひくように兜《かぶと》は金《きん》と金箔《きんぱく》と銀《ぎん》で飾《かざ》られていました。頭《あたま》を覆《おお》うどんぶり型《がた》の鉢《はち》の表面《ひょうめん》は、すべてイボ状《じょう》の丸《まる》い突起《とっき》で細工《さいく》されていますが、信長《のぶなが》・サンボーラーの兜《かぶと》はすべて突起《とっき》には金《きん》がちりばめられており、首《くび》のところの板《いた》の二《に》、三《さん》、四枚《よんまい》は金《きん》の板《いた》が用《もち》いられ、まばゆいばかりでした。兜《かぶと》の緒《お》と陣羽織《じんばおり》の緒《お》をきつくしめると、姿《すがた》が見《み》えなくなる忍者《にんじゃ》の透明術《とうめいじゅつ》がほどこされていました。

また、鎧具足《よろいぐそく》の上《うえ》に着《き》る陣羽織《じんばおり》は絹《きぬ》、ラシャ、ビロードを織《お》り交《ま》ぜてつくられ、金箔《きんぱく》などがほどこされてあり、特《とく》に衿《えり》は黒緞子《くろどんす》を用《もち》いた文様《もんよう》が銀糸《ぎんし》で浮《う》き出《で》ていました。これは、信長《のぶなが》の好《この》みで、ポルトガル人《じん》、スペイン人《じん》の衣服《いふく》を真似《まね》し、信長《のぶなが》のアイデアを織《お》り込《こ》んでつくられたものと思《おも》われます。この兜《かぶと》と陣羽織《じんばおり》をサンボーラーがつけると、信長《のぶなが》の命令《めいれい》が天《てん》の声《こえ》として聞《き》こえるのです。信長《のぶなが》のすぐれた才能《さいのう》である予知能力《よちのうりょく》がサンボーラーと一体《いったい》になったのです。

金色《こんじき》に燦然《さんぜん》と輝《かがや》く小兜《しょうかぶと》をつけ陣羽織《じんばおり》をはおったサンボーラーが現《あらわ》れると、信長《のぶなが》の前《まえ》にひざまずいているような錯覚《さっかく》を起こして、敵味方《てきみかた》とも、「あっ、信長様《のぶながさま》だ！」と思《おも》わずひれ伏《ふ》すのです。

信長《のぶなが》の力《ちから》をとり入《い》れたねね、秀吉《ひでよし》は、サンボーラーを推《お》し立《た》てて信長《のぶなが》の天下布武《てんかふぶ》を実行《じっこう》してゆきました。信長《のぶなが》は生《い》きていたのです。


それからねねの一族《いちぞく》、腰元《こしもと》と信長《のぶなが》は裏山《うらやま》の奥《おく》の城塞《じょうさい》に向《む》かって歩《ある》いていきました。そのとき、三法師《さんほうし》の魔力《まりょく》がねね、信長《のぶなが》を守《まも》りながら先導《せんどう》しました。

長浜城《ながはまじょう》には翌日《よくじつ》、明智《あけち》の軍勢《ぐんせい》が入《はい》ってきましたが、場内《じょうない》はもぬけの殻《から》でした。

裏山《うらやま》の城塞《じょうさい》に着《つ》いたとき、ねねは信長《のぶなが》に向《む》かってきびしい顔《かお》で、

「光秀《みつひで》の恩知《おんし》らずにも程《ほど》がある、許《ゆる》せぬぞ」

声《こえ》を震《ふる》わせながら憎《にく》さをこめて言《い》いました。ねねは光秀《みつひで》の襲撃《しゅうげき》は予期《よき》していま

したが、信長《のぶなが》の前《まえ》ではちょっとした芝居《しばい》をしたのです。

蘭丸《らんまる》も、「光秀《みつひで》はだいぶん前《まえ》からお上《かみ》を亡《な》き者《もの》にしようと計画《けいかく》していたのです。一年《いちねん》ほど前《まえ》に、光秀《みつひで》の思《おも》いつめた態度《たいど》に私《わたし》は気《き》づいていました。お上《かみ》に、光秀《みつひで》は怪《あや》しいから気《き》をつけてくださいと申《もう》し上《あ》げました。何故《なぜ》なら、何《なに》かよからぬ考《かんが》えごとをしていられたのでしょう、私《わたし》と食事中《しょくじちゅう》に思《おも》わず箸《はし》を落《お》とされたのに気《き》づかれなかったということがあり、私《わたし》はお上《かみ》に対《たい》して光秀《みつひで》が何《なに》か悪《わる》いたくらみを真剣《しんけん》に考《かんが》えているように思《おも》われたからです。お上《かみ》に直《ただ》ちにご忠告《ちゅうこく》を申《もう》し上《あ》げましたところ、『あのキンカ頭《あたま》め、小心者《しょうしんもの》だ、すておけ』ととりあっていただけませんでした。

私《わたし》は光秀《みつひで》の態度《たいど》に不純《ふじゅん》なものを感《かん》じて、ずっと気《き》になっていました。今度《こんど》の反《はん》逆《ぎゃく》で、あのときもっとつよく進言《しんげん》すべきだったと後悔《こうかい》しております」

「予《よ》は不覚《ふかく》だった。あのとき、そちの言《い》うことをきくべきだったと後悔《こうかい》している。許《ゆる》せ」

ねねが、

「お上《かみ》は自分《じぶん》の一番《いちばん》の自慢《じまん》は蘭丸《らんまる》だ、と言《い》って諸大名《しょだいみょう》や側近《そっきん》にいつも話《はな》していられたのに口惜《くちお》しい。秀吉《ひでよし》が光秀《みつひで》の首《くび》を取《と》って必《かなら》ず仇《かたき》をとってくれよう」と言《い》いました。

あるとき、小姓《こしょう》が集《あつ》まっている部屋《へや》で信長《のぶなが》が、

「わしの刀《かたな》の鞘《さや》の刻《きざ》み数《かず》を当《あ》ててみよ。当《あ》てた者《もの》には、この名刀《めいとう》を与《あた》えるぞ」と言《い》いました。

小姓連中《こしょうれんちゅう》は、それぞれ思《おも》いのままの数《かず》を言《い》いましたが、蘭丸《らんまる》は黙《だま》っていました。

信長《のぶなが》が、

「蘭丸《らんまる》、何故《なぜ》言《い》わぬのか」

「実《じつ》は、私《わたし》はお上《かみ》が厠《かわや》に行《い》かれるとき、刀《かたな》を持《も》ってお待《ま》ちしておりましたが、そのとき数《かず》を数《かぞ》えたのでわかっています。それを言《い》うことはできません」

信長《のぶなが》は、

「正直《しょうじき》ものよ。この刀《かたな》はそちに与《あた》える」

秀才《しゅうさい》で機転《きてん》のきく美少年《びしょうねん》の蘭丸《らんまる》は、信長《のぶなが》の大《だい》のお気《き》に入《い》りでした。

蘭丸《らんまる》は、次《つぎ》に信長《のぶなが》に対抗《たいこう》して出《で》てくるのは家康《いえやす》だという予感《よかん》がしていたので、信長《のぶなが》にも警戒《けいかい》するように言上《ごんじょう》し、家康《いえやす》とその周辺《しゅうへん》を内偵《ないてい》していました。信長《のぶなが》も同《おな》じように家康《いえやす》の力《ちから》を抑《おさ》える手立《てだ》てを考《かんが》えていたのです。

信長《のぶなが》の寄《よ》せ集《あつ》めの兵力《へいりょく》と家康《いえやす》の伝統《でんとう》ある三河武士《みかわぶし》の兵力《へいりょく》との比較《ひかく》は、家康方《いえやすがた》の三万《さんまん》に対《たい》して信長方《のぶながた》は十万以上《じゅうまんいじょう》の兵力《へいりょく》が必要《ひつよう》と信長《のぶなが》は考《かんが》えていたようです。

蘭丸《らんまる》は、真田《さなだ》の忍者《にんじゃ》とはかってねねとともに家康《いえやす》の動向《どうこう》を常《つね》に監視《かんし》していました。

徳川《とくがわ》の忍者《にんじゃ》の服部方《はっとりがた》との小競《こぜ》り合《あ》いもときにはありましたが、真田方《さなだがた》が常《つね》に優《ゆう》位《い》に立《た》っていました。

# 第二章《だいにしょう》　三法師《さんほうし》の生《お》い立《た》ち

三法師《さんぼうし》は、祖父《そふ》信長《のぶなが》・父《ちち》信忠《のぶただ》より織田家《おだけ》の三代目《さんだいめ》は三法師《さんぼうし》秀信《ひでのぶ》であると常《つね》に言《い》われて成長《せいちょう》しました。信長《のぶなが》の孫《まご》として、三法師《さんぼうし》への教育《きょういく》は生《う》まれたその日《ひ》から信《のぶ》長《なが》の教育方針《きょういくほうしん》にそって厳格《げんかく》に進《すす》められたのです。

生《う》まれると直《ただ》ちに、信長《のぶなが》の命《めい》により数人《すうにん》の教育係《きょういくがかり》が選《えら》ばれました。一歳《いっさい》から三歳《さんさい》まで学問《がくもん》、武芸《ぶげい》、心身《しんしん》の鍛錬《たんれん》、気力《きりょく》、超能力《ちょうのうりょく》、念力《ねんりき》などを臨済宗《りんざいしゅう》の高名《こうめい》な禅僧《ぜんそう》たちが教《おし》えたのです。若年《じゃくねん》の七人《しちにん》の優秀《ゆうしゅう》な若武者《わかむしゃ》たちが側近《そっきん》として選《えら》ばれました。

信長《のぶなが》の好奇心《こうきしん》の表《あらわ》れか、黒人《こくじん》一人《ひとり》と宣教師《せんきょうし》もつけられ、西洋《せいよう》の魔術《まじゅつ》、妖怪《ようかい》の神《しん》秘《ぴ》の世界《せかい》も教《おし》え込《こ》まれたのです。宣教師《せんきょうし》は、聖書《せいしょ》、賛美歌《さんびか》もきちんと教《おし》えました。

信長《のぶなが》が本能寺《ほんのうじ》で襲《おそ》われたあとも、三法師《さんぼうし》はねねと秀吉《ひでよし》の庇護《ひご》のもとに信長《のぶなが》の命《めい》

# 第二章　三法師の生い立ち

令《れい》による帝王教育《ていおうきょういく》が十歳《じゅっさい》までつづけられました。三法師《さんぼうし》は、西洋《せいよう》のお化《ば》け、魔法《まほう》の杖《つえ》、悪魔《あくま》、呪文《じゅもん》、魔女《まじょ》、妖精《ようせい》などの話《はなし》について常《つね》に興味深《きょうみぶか》く神父《しんぷ》の話《はなし》を聞《き》いていたのです。

これが、三法師《さんぼうし》が信長《のぶなが》の化身《けしん》を引《ひ》き継《つ》いで魔法《まほう》を使《つか》えるようになった原因《げんいん》のひとつではないかと思《おも》われます。

このような教育《きょういく》を受《う》けたせいか、三法師《さんぼうし》は神父《しんぷ》からサンボーラーと呼《よ》ばれて信《のぶ》長《なが》とともに霊界《れいかい》の空飛《そらと》ぶ円盤《えんばん》も使《つか》えました。宇宙空間《うちゅうくうかん》で画期的《かっきてき》、神秘的《しんぴてき》な魔術《まじゅつ》も使《つか》えるようになったのです。瞬間飛法《しゅんかんひほう》の方法《ほうほう》も身《み》につけました。魔女《まじょ》の力《ちから》、魔術《まじゅつ》師《し》の念力《ねんりき》を使《つか》って信長《のぶなが》、秀吉方《ひでよしがた》の危機《きき》の際《さい》には現《あらわ》れました。力強《ちからづよ》い味方《みかた》となったのです。

これらの超能力《ちょうのうりょく》は人間《にんげん》の五感《ごかん》とは別《べつ》のものであり、神秘的《しんぴてき》な力《ちから》をもった集中念《しゅうちゅうねん》力《りき》の呪文《じゅもん》をとなえて、自由《じゆう》に空中《くうちゅう》を飛《と》び回《まわ》り自在《じざい》に敵《てき》を倒《たお》すことができました。敵《てき》を攻撃《こうげき》、打破《だは》するという超能力《ちょうのうりょく》の力《ちから》を天《てん》から与《あた》えられたのです。

サンボーラーは十歳《じゅっさい》までの七年間《しちねんかん》で、まれに見《み》る優《すぐ》れた天才的頭脳《てんさいてきずのう》で東洋《とうよう》、西洋《せいよう》の学問《がくもん》をすっかり身《み》につけました。

その上《うえ》、あらゆる武芸百般《ぶげいひゃっぱん》、西洋《せいよう》の妖精《ようせい》の魔術《まじゅつ》、日本《にほん》の忍術《にんじゅつ》などの力《ちから》をもつに至《いた》ったのです。

サンボーラーの超霊力《ちょうれいりょく》、神通力《じんつうりき》というものを分析《ぶんせき》してみると、彼《かれ》は人間《にんげん》ではなく、神《かみ》のごとき非凡《ひぼん》な力《ちから》があり、不可能《ふかのう》ということはなかったのです。

サンボーラーは地球《ちきゅう》の引力《いんりょく》、太陽系《たいようけい》の中《なか》の無数《むすう》の星《ほし》との関係《かんけい》で、人間《にんげん》は生《い》きているということを悟《さと》りました。彼《かれ》は、凡人《ぼんじん》にはとても理解《りかい》できない神秘的《しんぴてき》な力《ちから》と特殊《とくしゅ》な才能《さいのう》をもつ人間《にんげん》になりました。

サンボーラーは修行《しゅぎょう》の結果《けっか》、無意識《むいしき》の状態《じょうたい》より三昧境《さんまいきょう》に入《はい》り、何回《なんかい》も呪文《じゅもん》をとなえると相手《あいて》の心《こころ》を支配《しはい》できるようになり、相手《あいて》の敵対《てきたい》する気持《きも》ちを奪《うば》ってしまう神通力《じんつうりき》を身《み》につけたのです。一度《いちど》行《い》ったところも両眼《りょうがん》を閉《と》じると、念力《ねんりき》の集中《しゅうちゅう》によってすべてが心眼《しんがん》にうつるのです。自分《じぶん》の過去《かこ》、未来《みらい》を見通《みとお》せたのです。

日本《にほん》の武芸者《ぶげいしゃ》、上泉伊勢守《かみいずみいせのかみ》柳生宗則《やぎゅうむねのり》、徳川家康《とくがわいえやす》の家来《けらい》・伊賀《いが》の忍者服部半蔵《にんじゃはっとりはんぞう》、大名《だいみょう》の細川藤孝《ほそかわふじたか》、千利休《せんのりきゅう》や禅僧《ぜんそう》も信長《のぶなが》の命《めい》によりサンボーラーたちの講師《こうし》となっていました。死《し》んだ細川《ほそかわ》ガラシャ夫人《ふじん》の霊《れい》も、サンボーラーにカトリックの魔力《まりょく》を与《あた》えました。

キリスト教《きょう》の宣教師《せんきょうし》ルイス・フロイスとその弟子《でし》よりノアの箱舟《はこぶね》、魔女《まじょ》、アダムとイヴ、イースターなどのことがらを学《まな》びました。

三法師《さんぼうし》の教育《きょういく》のため、信長《のぶなが》は側近《そっきん》の三歳《さんさい》から十歳《じゅっさい》までの大名《だいみょう》の子弟《してい》を七人選《しちにんえら》びました。彼《かれ》らは四朗太《しろうた》、五朗太《ごろうた》、六朗太《ろくろうた》、七朗太《しちろうた》、八朗太《はちろうた》、九朗太《くろうた》、十朗太《じゅうろうた》と名付《なづ》けられました。三法師《さんぼうし》は、このときヤソ名《めい》をサンボーラーと名付《なづ》けられたのです。

五朗太《ごろうた》は真田幸村《さなだゆきむら》の長女《ちょうじょ》の子供《こども》で、幸村《ゆきむら》の孫《まご》の真田大助《さなだだいすけ》と従弟《いとこ》の関係《かんけい》です。のちに秀頼《ひでより》に仕《つか》えました。

五朗太《ごろうた》は、真田《さなだ》の忍者《にんじゃ》の師《し》に育《そだ》てられたので、忍術《にんじゅつ》の心得《こころえ》は並《な》みはずれてすぐ

れたものをもっていました。武術《ぶじゅつ》、忍術《にんじゅつ》では普通《ふつう》の人《ひと》の何倍《なんばい》もの高《たか》さを飛《と》び上《あ》がることができました。走《はし》る、投《な》げる、見《み》る、聞《き》く、嗅《か》ぐ、触《ふ》れるなどは並《な》みの人《ひと》の十倍以上《じゅうばいいじょう》の能力《のうりょく》を備《そな》えていました。呼吸《こきゅう》をコントロールすると十数倍《じゅうすうばい》の気力《きりょく》が出《で》てきます。これは、心《こころ》を一点《いってん》に集中《しゅうちゅう》すると超能力《ちょうのうりょく》が生《う》まれてくるのと同《おな》じです。この特別教育《とくべつきょういく》が、サンボーラーが信長《のぶなが》の超能力《ちょうのうりょく》の頭脳《ずのう》と霊力《れいりょく》を引《ひ》き継《つ》いで魔法《まほう》を使《つか》えるようになった原因《げんいん》のひとつではないかと思《おも》われます。

サンボーラーを中心《ちゅうしん》にした八人《はちにん》の小《ちい》さい魔術師《まじゅつし》は、厳《きび》しい訓練《くんれん》、教育《きょういく》を受《う》けました。

安土城《あづちじょう》は七層《ななそう》の美《うつく》しい城《しろ》でしたが、一層《いっそう》から三層《さんそう》までは吹《ふ》き抜《ぬ》けになっていました。信長《のぶなが》は、教会《きょうかい》が吹《ふ》き抜《ぬ》けになっているのを見《み》て、まねをしたのでしょう。八人《はちにん》の近習《きんじゅう》の魔術師《まじゅつし》の訓練《くんれん》は場内《じょうない》の吹《ふ》き抜《ぬ》けの空間《くうかん》で行《おこな》われました。空間《くうかん》を飛《と》び跳《は》ねたり、上下左右《じょうげさゆう》自由《じゆう》に飛《と》び回《まわ》ったりする訓練《くんれん》により、道具《どうぐ》を使《つか》わず、鳥《とり》のように吹《ふ》き抜《ぬ》け空間《くうかん》をスイスイ動《うご》き回《まわ》ったのです。

真田大八《さなだだいはち》（五朗太《ごろうた》）は、常《つね》にサンボーラーの側《そば》で抜群《ばつぐん》の能力《のうりょく》を発揮《はっき》して、サンボーラーとともにグループの小《ちい》さい魔術師《まじゅつし》の指導《しどう》に力《ちから》を注《そそ》ぎました。

「あれを見《み》よ。皆《みな》もあのように飛《と》べるぞ。皆《みな》、円盤《えんばん》を尻《しり》の下《した》に敷《し》け。腕《うで》を両脇《りょうわき》にピッタリつけなさい。目《め》をつぶり飛行《ひこう》の呪文《じゅもん》をとなえなさい」

彼《かれ》らは小《ちい》さい魔法《まほう》の円盤《えんばん》をもっていました。それは必要《ひつよう》なときは大《おお》きく膨《ふく》らむのです。

皆《みな》は、誇《ほこ》らしげに目《め》を輝《かがや》かせて呪文《じゅもん》をとなえました。サンボーラー、五朗太《ごろうた》につづいて、皆《みな》は大《おお》きく膨《ふく》らんだそれぞれの円盤《えんばん》に乗《の》り、飛《と》び立《た》ったのです。

七朗太《しちろうた》、八朗太《はちろうた》が近《ちか》づきすぎてぶつかりそうになりました。

「馬鹿《ばか》もん、もっと離《はな》れろ」

と七朗太《しちろうた》が大声《おおごえ》をあげました。

「北《きた》の空《そら》を見《み》ろ、雷雲《らいうん》だ。よけて通《とお》れと言《い》われたことを忘《わす》れたか」

と八朗太《はちろうた》が怒鳴《どな》り返《かえ》しました。

雷《かみなり》のため、列《れつ》をなして飛《と》んでいた鷲《わし》も逃《に》げたのか、一羽《いちわ》もいませんでした。

空《そら》が震《ふる》えています。サンボーラーは、

「皆《みな》、守《まも》りの呪文《じゅもん》をとなえなさい。下界《げかい》のあの森《もり》に下《お》りよう」

と指《ゆび》をさしました。

地上《ちじょう》に下《お》りた直後《ちょくご》に、熱風《ねっぷう》が彼《かれ》らを襲《おそ》いました。五朗太《ごろうた》があわてて水遁《すいとん》の術《じゅつ》を使《つか》って水《みず》を熱風《ねっぷう》にかけました。地上《ちじょう》に下《お》りた八人《はちにん》は、急《いそ》いで川《かわ》のほとりに出《で》ました。

「われわれを攻撃《こうげき》してくる魔女《まじょ》がいるぞ。皆《みな》、守《まも》りの呪文《じゅもん》をとなえて森《もり》のなかに入《はい》ろう」

とサンボーラーは森《もり》の中《なか》に皆《みな》を導《みちび》き、実地訓練《じっちくんれん》は終《お》わりました。

この訓練《くんれん》は連日厳《れんじつきび》しく行《おこな》われて、八人《はちにん》の魔術師《まじゅつし》は鍛《きた》え上《あ》げられました。

サンボーラーは、魔界《まかい》・霊界《れいかい》も支配《しはい》するようになりました。

それに、三法師用《さんほうしよう》の兜《かぶと》と陣羽織《じんばおり》をつけるとあっという間《ま》に透明人間《とうめいにんげん》になり、たちまち姿《すがた》が見《み》えなくなるのです。そして、信長《のぶなが》と天下布武《てんかふぶ》の代行者秀吉《だいこうしゃひでよし》の危機《きき》の際《さい》には突然現《とつぜんあらわ》れて二人《ふたり》を助《たす》けました。

サンボーラーは魔法《まほう》の円盤《えんばん》を使《つか》い、秀吉《ひでよし》を通《つう》じて信長《のぶなが》の意志《いし》を実現《じつげん》する使命《しめい》をおびて、あらゆる場所《ばしょ》に現《あらわ》れるようになったのです。

安土城《あづちじょう》の最上階《さいじょうかい》の信長《のぶなが》の部屋《へや》のとなりに秘密《ひみつ》の小部屋《こべや》がつくられていました。信長《のぶなが》と三法師《さんぼうし》が超能力《ちょうのうりょく》を発揮《はっき》したり、集中力《しゅうちゅうりょく》を高《たか》めたりするための部屋《へや》でした。そこには大《おお》きな地球儀《ちきゅうぎ》と日本全国《にほんぜんこく》の詳細《しょうさい》な地図《ちず》が置《お》かれていました。この部屋《へや》に入《はい》って目《め》を閉《と》じると、過去未来《かこみらい》が見《み》えてくるのです。

そして、秘密《ひみつ》の部屋《へや》にある日本全国《にほんぜんこく》の地図《ちず》の隅《すみ》から隅《すみ》にまで飛《と》んでいけるのです。宇宙《うちゅう》のほかの惑星《わくせい》から来《く》る光線《こうせん》、信号《しんごう》、電波《でんぱ》なども見分《みわ》ける超能力《ちょうのうりょく》、魔力《まりょく》をもつようにサンボーラーは育《そだ》てられていたのです。

信長《のぶなが》は、宗教《しゅうきょう》、神《かみ》を迷信《めいしん》といって嫌《きら》っていましたが、カトリックだけは例外《れいがい》のようでした。

彼《かれ》は激《はげ》しい気性《きしょう》で、天下布武《てんかふぶ》の邪魔《じゃま》をする者《もの》はすべて抹殺《まっさつ》しました。

石山本願寺《いしやまほんがんじ》の門徒《もんと》が、信長《のぶなが》に抵抗《ていこう》して比叡山《ひえいざん》の延暦寺《えんりゃくじ》に逃《に》げ込《こ》んだことを知《し》った信長《のぶなが》は烈火《れっか》のごとく怒《いか》り、全山《ぜんざん》の僧侶《そうりょ》、女子供《おんなこども》に至《いた》るまで火攻《ひぜ》めを行《おこな》い虐殺《ぎゃくさつ》したのです。その数《かず》、三千人《さんぜんにん》とも言《い》われています。

その前《まえ》の荒木村重《あらきむらしげ》の謀叛《むほん》のときは、妻子《さいし》一族《いちぞく》二百人《にひゃくにん》をはりつけ火《ひ》あぶりの刑《けい》で皆殺《みなごろ》しにして、見《み》せしめにしました。信長《のぶなが》の激《はげ》しい気性《きしょう》のために犠牲《ぎせい》になった者《もの》はおびただしい数《かず》で、伊勢攻撃《いせこうげき》のときは三万人《さんまんにん》も殺《ころ》したと言《い》われています。

しかし、信長《のぶなが》の善政《ぜんせい》も少《すく》なくありません。

たとえば、安土《あづち》の町《まち》はきれいに整備《せいび》され、自由《じゆう》に人々《ひとびと》が商《あきな》いをすることを許《ゆる》しました。道路《どうろ》を広《ひろ》くし、近代的《きんだいてき》な考《かんが》え方《かた》で商《あきな》いの自由《じゆう》を認《みと》め、競争《きょうそう》をさせて立派《りっぱ》な町《まち》をつくりました。

天正十年一月一日《てんしょうじゅうねんいちがつついたち》の安土城《あづちじょう》への参賀《さんが》は、信長《のぶなが》の命《めい》で行《おこな》われたのです。それは、押《お》し合《あ》いへしあいになるほど大勢《おおぜい》の人《ひと》が押《お》し寄《よ》せる見事《みごと》なものでした。近隣《きんりん》の大《だい》名小名《みょうしょうみょう》がどっと押《お》し寄《よ》せ、道路《どうろ》の築垣《ちくえん》がはみ出《で》た民衆《みんしゅう》のためにこわされました。けが人《にん》も多数出《たすうで》たようでした。

奉行《ぶぎょう》の命令《めいれい》で、「お礼銭《れいせん》、百文《ひゃくもん》を持参《じさん》せよ」とのお触《ふ》れが出《だ》されていたのです。信長《のぶなが》の前《まえ》に平伏《ひれふ》させて拝礼《はいれい》と同時《どうじ》に百文《ひゃくもん》を信長《のぶなが》にささげたのです。これは神様《かみさま》への賽銭《さいせん》の意味《いみ》です。つまり、「信長《のぶなが》は神《かみ》であるぞ」ということなのです。信長《のぶなが》は、そのとき自《みずか》ら賽銭《さいせん》を受《う》け取《と》ったと言《い》われています。

やがて、信長《のぶなが》は神《かみ》として君臨《くんりん》するだろうと、皆《みな》はささやいていました。特《とく》にバテレンはこのことを一番怖《いちばんおそ》れていました。

また、信長《のぶなが》は鉄砲《てっぽう》を大《おお》きくした大砲《たいほう》を鉄鋼船《てっこうせん》に積《つ》み込《こ》み、海上《かいじょう》より艦砲射撃《かんぽうしゃげき》を行《おこな》ったのです。さらに、連発銃《れんぱつじゅう》（弾倉《だんそう》を回転《かいてん》しながら連発発射《れんぱつはっしゃ》できる機関銃《きかんじゅう》の新《しん》兵器《へいき》）も開発《かいはつ》していました。つまり、科学的《かがくてき》な頭脳《ずのう》をもった信長《のぶなが》とサンボーラーは新兵器開発能力《しんへいきかいはつのうりょく》を備《そな》えていましたから、新《あたら》しい兵器《へいき》を次《つぎ》から次《つぎ》へとつくり出《だ》したのです。原子爆弾《げんしばくだん》に似《に》た大量殺人兵器《たいりょうさつじんへいき》も頭《あたま》にありました。サンボーラーの頭脳《ずのう》は、この奇跡《きせき》に近《ちか》い兵器《へいき》を四百年前《よんひゃくねんまえ》に感知《かんち》していました。

これらの新兵器《しんへいき》を信長《のぶなが》とともにつくり、そして超能力《ちょうのうりょく》をもった信長《のぶなが》の作戦《さくせん》を秀《ひで》吉《よし》を通《つう》じて天下布武《てんかふぶ》の大《おお》きな国《くに》づくり事業《じぎょう》に着々《ちゃくちゃく》と実現《じつげん》していきました。

サンボーラーは、信長《のぶなが》の天才的《てんさいてき》な頭脳《ずのう》、神通力《じんつうりき》をそっくり受《う》け継《つ》いだのです。この魔法使《まほうつか》いのようなサンボーラーの秘密《ひみつ》を知《し》っているのは、ねね、秀吉《ひでよし》、体《からだ》が不自由《ふじゆう》になった信長《のぶなが》、森蘭丸《もりらんまる》、松千代《まつちよ》の五人《ごにん》のみでした。

サンボーラーと秀吉《ひでよし》の作戦《さくせん》は、かつての信長《のぶなが》の天下布武《てんかふぶ》のため、敵《てき》を抹殺《まっさつ》するという信長《のぶなが》の恐怖政治《きょうふせいじ》とはちがうにしても、この開発《かいはつ》された新兵器《しんへいき》を戦《たたか》いに実用《じつよう》化《か》して成功《せいこう》を収《おさ》めていったのです。

信長《のぶなが》はキリシタン大名《だいみょう》と言《い》われた高山右近《たかやまうこん》、小西行長《こにしゆきなが》などを許《ゆる》していました。信長《のぶなが》がキリスト教《きょう》を奨励《しょうれい》したのは、一向一揆《いっこういっき》に対抗《たいこう》するためではなかったのでしょうか。

信長《のぶなが》は天正四年七月《てんしょうよねんしちがつ》、毛利水軍数百隻《もうりすいぐんすうひゃくせき》と戦《たたか》い大敗《たいはい》したのです。この木津川河口《きづがわかこう》の戦《たたか》いは、本願寺《ほんがんじ》と手《て》を組んだ毛利軍《もうりぐん》が信長《のぶなが》の命令《めいれい》を拒否《きょひ》して本願寺《ほんがんじ》の門徒《もんと》に兵《へい》糧《りょう》を送《おく》るのを断《ことわ》ったための重要《じゅうよう》な戦《たたか》いだったのです。

この一向一揆《いっこういっき》を起《お》こした宗教《しゅうきょう》のすさまじい抵抗《ていこう》に、信長《のぶなが》は手《て》を焼《や》いていたのです。

本願寺《ほんがんじ》が毛利《もうり》と手《て》を結《むす》び、武器《ぶき》を瀬戸内海《せとないかい》を経《へ》て送《おく》り込《こ》んでいるのが許《ゆる》せなかったのです。

信長《のぶなが》は毛利水軍《もうりすいぐん》を打《う》ち破《やぶ》るためには、鉄鋼戦艦《てつこうせんかん》をつくるべきだという発想《はっそう》のもとに滝川一益《たきがわかずます》や九鬼嘉隆《くきよしたか》に建造《けんぞう》を命《めい》じたのです。

当時《とうじ》としては、この巨大《きょだい》な戦艦《せんかん》は全長二二《ぜんちょうにじゅうに》メートル、幅一二・六《はばじゅうにてんろく》メートルの総《そう》櫓式《やぐらしき》で、厚《あつ》さ三《さん》ミリの鉄板《てっぱん》で全艦《ぜんかん》を覆《おお》いました。こうすることによって火災《かさい》にも鉄砲《てっぽう》の弾《たま》にもビクともせず、はね返《かえ》すだけの頑丈《がんじょう》なつくりになっていました。当《とう》時《じ》ヨーロッパでは鋼鉄艦《こうてつかん》はできていませんでした。

宣教師《せんきょうし》のフロイスは、この艦《かん》を見《み》て驚《おどろ》き、「信長《のぶなが》の素晴《すば》らしい開発能力《かいはつのうりょく》はおそろしい。彼《かれ》は超能力《ちょうのうりょく》の持《も》ち主《ぬし》である」と本国《ほんごく》に連絡《れんらく》しています。

ヨーロッパで戦艦《せんかん》ができたのは、これより数十年《すうじゅうねん》あとのことです。

さて、この戦艦《せんかん》は左右《さゆう》の船腹《せんぷく》に百人《ひゃくにん》ずつ乗《の》り組《く》み、五十人《ごじゅうにん》ずつが交代《こうたい》で漕《こ》ぐのです。船尾《せんび》に水車式《すいしゃしき》の回転推進器《かいてんすいしんき》を両腹《りょうはら》で回転《かいてん》させるため十人《じゅうにん》ずつで回転軸《かいてんじく》を回《まわ》すという仕組《しく》みになっていました。

戦闘中《せんとうちゅう》は帆《ほ》をおろして艦長《かんちょう》の命令《めいれい》で前進《ぜんしん》、後退《こうたい》、左右《さゆう》、自在《じざい》に動《うご》き回《まわ》ることが可能《かのう》なのです。

艦首《かんしゅ》には大砲《たいほう》が六門備《ろくもんそな》えられ、一〇〇〇《せん》メートル先《さき》の目標《もくひょう》（敵《てき》）を確実《かくじつ》に破壊《はかい》できたのです。

左右《さゆう》の艦腹《かんぷく》には数十《すうじゅう》の銃眼孔《じゅうがんこう》があり、射撃用《しゃげきよう》の鉄砲《てっぽう》で近《ちか》づく敵《てき》を倒《たお》すのです。

鉄砲《てっぽう》も火縄銃《ひなわじゅう》でなく、鉛玉《なまりだま》を火薬《かやく》で包《つつ》み、玉込《たまこ》めも従来《じゅうらい》より何倍《なんばい》も早《はや》くなり、射程距離《しゃていきょり》も七〇〇《ななひゃく》メートル先《さき》の敵《てき》を倒《たお》せる強力《きょうりょく》な鉄砲《てっぽう》が信長《のぶなが》によって開発《かいはつ》されていたのです。

世界《せかい》で初《はじ》めての画期的《かっきてき》なこの戦艦《せんかん》は二年後《にねんご》に完成《かんせい》したのです。

天正十八年十一月六日《てんしょうじゅうはちねんじゅういちがつむいか》、この六隻《ろくせき》の戦艦《せんかん》は木津川《きづがわ》の河口《かこう》に侵入《しんにゅう》して毛利水軍五《もうりすいぐんご》百隻《ひゃくせき》と交戦《こうせん》したのです。六隻《ろくせき》の戦艦《せんかん》より集中砲火《しゅうちゅうほうか》を浴《あ》びた毛利軍《もうりぐん》は壊滅的《かいめつてき》な打撃《だげき》を受《う》け、五百隻《ごひゃくせき》のうち、数隻《すうせき》だけ命《いのち》からがら逃《に》げ帰《かえ》っただけで、すべての船《ふね》は撃《げき》沈《ちん》されて全滅《ぜんめつ》したのです。

つづいて陸上《りくじょう》の本願寺《ほんがんじ》の陣地《じんち》に向《む》けて六隻《ろくせき》の戦艦《せんかん》の三十六門《さんじゅうろくもん》の大砲《たいほう》が火《ひ》を噴《ふ》き、陣地《じんち》は破壊《はかい》してしまったのです。各艦《かくかん》より百人《ひゃくにん》ずつの斬《き》り込《こ》み隊《たい》が上陸《じょうりく》して、突入攻撃《とつにゅうこうげき》した結果《けっか》、あっと言《い》う間《ま》もなく降伏《こうふく》したのです。

信長《のぶなが》の命《めい》により、二百年前《にひゃくねんまえ》の文永《ぶんえい》・弘安《こうあん》の役《えき》のときに蒙古軍《もうこぐん》が使《つか》ったという炸《さく》裂弾《れつだん》を使《つか》ったのです。花火《はなび》のように明《あか》るく爆雷音《ばくらいおん》が四方《しほう》にとどろき渡《わた》り、敵《てき》は驚《おどろ》いて戦意《せんい》を喪失《そうしつ》してひるんだすきに斬《き》り殺《ころ》して降伏《こうふく》させたのです。

信長《のぶなが》は当時《とうじ》の戦闘記録《せんとうきろく》を調《しら》べて元軍《げんぐん》の武器《ぶき》を取《と》り入《い》れて直《ただ》ちに使《つか》ったのです。

信長《のぶなが》の超能力《ちょうのうりょく》の発想《はっそう》には諸将《しょしょう》も舌《した》を巻《ま》きました。

当時《とうじ》、蒙古軍《もうこぐん》の北九州《きたきゅうしゅう》の日本軍《にほんぐん》や住民《じゅうみん》に対《たい》する虐殺《ぎゃくさつ》には目《め》を覆《おお》うものがありました。しかし、それに劣《おと》らず鎌倉武士《かまくらぶし》も捕《つか》まえた蒙古軍《もうこぐん》を虐殺《ぎゃくさつ》したのです。捕虜《ほりょ》になった住民《じゅうみん》と日本軍《にほんぐん》は、手《て》に穴《あな》を開《あ》けられ数珠《じゅず》つなぎにされて蒙古《もうこ》の船《ふね》のへさきにぶらさげられて惨殺《ざんさつ》されたといいます。

信長《のぶなが》の刃向《はむ》かう敵《てき》を皆殺《みなごろ》しにするという残虐性《ざんぎゃくせい》の原点《げんてん》は、こんなところにあったのかもしれません。

ヨーロッパでは、フロイスの手紙《てがみ》が噂《うわさ》になりました。彼《かれ》らは、ヨーロッパに攻《せ》め込《こ》んだフビライより信長《のぶなが》の超能力《ちょうのうりょく》の攻撃力《こうげきりょく》について知《し》らされ、信長《のぶなが》に恐怖心《きょうふしん》をいだき警戒《けいかい》をしたのです。

信長《のぶなが》の頭脳《ずのう》は素晴《すば》らしい、の一言《ひとこと》につきます。もし、信長《のぶなが》が健在《けんざい》なら、サンボーラーの魔力《まりょく》、霊感《れいかん》、忍者的《にんじゃてき》、妖怪的《ようかいてき》、攻撃力《こうげきりょく》が加《くわ》わって世界《せかい》を支配《しはい》するかもしれないと考《かんが》え、国王《こくおう》たちは軍備力《ぐんびりょく》をととのえたと言《い》われています。

信長《のぶなが》は宣教師《せんきょうし》よりもらった地球儀《ちきゅうぎ》を見《み》て、天体《てんたい》が運行《うんこう》している、宇宙《うちゅう》があり時《じ》間《かん》と空間《くうかん》があると悟《さと》っていました。

星《ほし》よりの光《ひかり》の速《はや》さも神秘的《しんぴてき》なもので人間《にんげん》では理解《りかい》できないもの、宇宙《うちゅう》の星《ほし》の運《うん》行《こう》により何《なに》か通信《つうしん》が送《おく》られてくるのではないか、星同士《ほしどうし》の引力《いんりょく》が関係《かんけい》しているのではないかということもおぼろげながらわかっていたようです。

これが信長《のぶなが》とサンボーラーの、先《さき》を予見《よけん》する神通力《じんつうりき》の源《みなもと》でしょう。

当時《とうじ》、北九州《きたきゅうしゅう》を中心《ちゅうしん》にヤソ教《きょう》の信徒《しんと》は十万人《じゅうまんにん》にもふくれ上《あ》がっていたと言《い》われています。教会《きょうかい》では、サンドロパリニヤを日本《にほん》に送《おく》り込《こ》みました。パリニヤは織田信長《おだのぶなが》に面会《めんかい》して歓待《かんたい》を受《う》けました。

宣教師活動《せんきょうしかつどう》のため全国《ぜんこく》を回《まわ》り、セミナリオ（神学校《しんがっこう》）、コレジオ（宣教師養成《せんきょうしようせい》所《じょ》）をつくる許可《きょか》を得《え》て組織《そしき》をととのえました。

そして、帰国《きこく》の際《さい》に少年使節団《しょうねんしせつだん》をローマに送《おく》り込《こ》みました。

伊東《いとう》マンショ、千々石《ちぢわ》ミゲルと中浦《なかうら》ジュリアン、原《はら》マルチノらは一五八二年《せんごひゃくはちじゅうにねん》・

天正十年《てんしょうじゅうねん》に長崎《ながさき》を出発《しゅっぱつ》して、マカオを経《へ》てリスボンに上陸《じょうりく》しローマ法王《ほうおう》に謁見《えっけん》しました。信長《のぶなが》の要請《ようせい》でサンボーラーが働《はたら》いたと言《い》われています。

秀吉《ひでよし》によって形式的《けいしきてき》な信長《のぶなが》の葬儀《そうぎ》が終《お》わったとき、三法師《さんぼうし》は岐阜《ぎふ》の城主《じょうしゅ》信孝《のぶたか》のもとに預《あず》けられていました。信孝《のぶたか》は柴田勝家《しばたかついえ》と結《むす》んで秀吉《ひでよし》に対抗《たいこう》したので秀吉《ひでよし》は岐阜城《ぎふじょう》を囲《かこ》んだが、信孝《のぶたか》は長男《ちょうなん》と三法師《さんぼうし》を秀吉《ひでよし》に渡《わた》して和議《わぎ》を結《むす》びました。

その翌年《よくとし》、三法師《さんぼうし》は織田信長《おだのぶなが》を後見人《こうけんにん》として岐阜《ぎふ》に入《はい》りました。

秀吉《ひでよし》はそのとき、岐阜《ぎふ》に行《い》って信長《のぶなが》と三法師《さんぼうし》に新年《しんねん》の挨拶《あいさつ》をしています。

もともと織田家《おだけ》では信長《のぶなが》の父《ちち》も幼名《ようみょう》は三法師《さんぼうし》と言《い》われていました。

織田家《おだけ》の嫡子《ちゃくし》を表《あらわ》す伝統的《でんとうてき》な呼《よ》び名《な》でした。

したがって、三法師秀信《さんぼうしひでのぶ》という名《な》は、信長《のぶなが》の信《のぶ》に秀吉《ひでよし》の秀《ひで》をのせたもので、名《めい》実《じつ》ともに信長《のぶなが》、秀吉《ひでよし》を追《お》い抜《ぬ》こうという将来《しょうらい》を託《たく》した立派《りっぱ》な名《な》でした。

岐阜《ぎふ》は信長《のぶなが》の天下布武《てんかふぶ》のときの出発点《しゅっぱつてん》であったので、十三万石《じゅうさんまんごく》で岐阜城《ぎふじょう》は三法《さんぼう》師《し》に与《あた》えられ、三法師《さんぼうし》は大名《だいみょう》になりました。

文禄二年《ぶんろくにねん》には、秀吉《ひでよし》は三法師秀信《さんぼうしひでのぶ》を連《つ》れて宮中《きゅうちゅう》に参内《さんだい》しました。そのときに三《さん》法師秀信《ぼうしひでのぶ》は、岐阜中納言《ぎふちゅうなごん》としてお披露目《ひろめ》されました。

信長《のぶなが》が復讐《ふくしゅう》をしたのは、信長《のぶなが》に敵意《てきい》をもっていた朝廷《ちょうてい》の成仁親王《せいにんしんのう》と親王《しんのう》にくみする公卿《くぎょう》の連中《れんちゅう》に対《たい》してです。彼《かれ》らが明智光秀《あけちみつひで》をそそのかして本能寺《ほんのうじ》の信長《のぶなが》を襲《おそ》ったという噂《うわさ》を、信長《のぶなが》は信《しん》じていたのです。彼《かれ》らを抹殺《まっさつ》しろと秀吉《ひでよし》に執拗《しつよう》に訴《うった》えていました。そこで信長《のぶなが》はサンボーラーの魔力《まりょく》をもって、この成仁親王並《せいにんしんのうなら》びにこの一派《いっぱ》の公家《くげ》にほこ先《さき》を向《む》けました。

彼《かれ》らは呪《のろ》いを受《う》けることになりました。秀吉《ひでよし》が三法師秀信《さんぼうしひでのぶ》を連《つ》れて禁中《きんちゅう》で能《のう》を天子《てんし》とともに観《かん》じていたそのとき、異変《いへん》が起《お》こりました。

天子《てんし》の命《めい》により成仁親王《せいにんしんのう》が得意《とくい》になって演《えん》じていたとき、突如《とつじょ》として雷鳴《らいめい》がとどろき、疾風《しっぷう》が巻《ま》き起《お》こり夜《よる》のごとく天空《てんくう》が真《ま》っ暗《くら》になったのです。

天子《てんし》と秀吉《ひでよし》、三法師《さんぼうし》は泰然《たいぜん》として座《すわ》っていましたが、あれよあれよという間《ま》に親王《しんのう》と公卿連中《くぎょうれんちゅう》は、

「助《たす》けてくれ、われわれが悪《わる》かった。許《ゆる》してください」

とわめいたのですが、サンボーラーは許《ゆる》さず、彼《かれ》らは天空《てんくう》の雲《くも》の中《なか》に吸《す》い込《こ》まれて姿《すがた》を消《け》したのです。

信長《のぶなが》の意向《いこう》を受《う》けていたサンボーラーの魔力《まりょく》が彼《かれ》らを抹殺《まっさつ》したのです。

本能寺《ほんのうじ》の変《へん》への復讐《ふくしゅう》であったのでしょう。

つまり光秀《みつひで》に荷担《かたん》したと言《い》われている連中《れんちゅう》への復讐《ふくしゅう》が実行《じっこう》されたのです。

文禄四年《ぶんろくよねん》に秀吉《ひでよし》が聚楽第《じゅらくだい》に秀次《ひでつぐ》を訪《たず》ねましたが、その道中《どうちゅう》の警備《けいび》を担当《たんとう》したのが三法師秀信《さんぼうしひでのぶ》でした。サンボーラーはカトリック教会《きょうかい》と協力《きょうりょく》して貧《まず》しい人々《ひとびと》も診《み》てもらえる医療所《いりょうじょ》を岐阜《ぎふ》の城下《じょうか》に数ヵ所《すうかしょ》も建設《けんせつ》しているのです。

すでに、サンボーラーは洗礼《せんれい》を受《う》けていたのです。

信長《のぶなが》は地球儀《ちきゅうぎ》を見《み》て月《つき》に行《い》くため、月《つき》と地球《ちきゅう》を紐《ひも》で結《むす》ぶことが可能《かのう》だと考《かんが》えていました。地球《ちきゅう》から月《つき》への軌道《きどう》をつくり、エレベーターのような昇降設備《しょうこうせつび》で信長《のぶなが》は地球《ちきゅう》より月《つき》へ簡単《かんたん》に往復《おうふく》することができるようになると考《かんが》えて、この軌道《きどう》を完成《かんせい》させたのです。サンボーラーは円盤《えんばん》を使《つか》って、七人《しちにん》を引《ひ》き連《つ》れて月《つき》に飛《と》んで行《い》きました。

月《つき》の山々《やまやま》を歩《ある》き回《まわ》って小高《こだか》い山《やま》を見《み》つけて、信長山《のぶながさん》と名付《なづ》けました。サンボーラーの領地《りょうち》の岐阜城《ぎふじょう》と月《つき》の信長山《のぶながさん》を結《むす》ぶ軌道《きどう》のレールを使《つか》って、城《しろ》をつくるための材料《ざいりょう》を大量《たいりょう》に月《つき》へ運《はこ》びました。大勢《おおぜい》の大工《だいく》などの城《しろ》づくりをする人々《ひとびと》も月《つき》に運《はこ》びました。

二年《にねん》がかりで信長《のぶなが》の安土城《あづちじょう》と同《おな》じような立派《りっぱ》な城《しろ》をつくったのです。

この安土月城《あづちつきじょう》には、百人《ひゃくにん》の人《ひと》が住《す》んでいました。

城主《じょうしゅ》はサンボーラーです。地球《ちきゅう》にも一年《いちねん》ごとに帰《かえ》ることができました。食《た》べ物《もの》もたくさんあり、岐阜城《ぎふじょう》と変《か》わりない楽《たの》しい暮《く》らしができたのです。

彼《かれ》らは皆《みな》、魔法《まほう》の服《ふく》と帽子《ぼうし》をつけていました。地球《ちきゅう》と同《おな》じ空気《くうき》がこの服《ふく》より発《はっ》生《せい》して体《からだ》を包《つつ》んで、地球《ちきゅう》にいる人々《ひとびと》と同《おな》じ生活《せいかつ》ができたのです。サンボーラーは、信長《のぶなが》を月《つき》の安土月城《あづちつきじょう》に何回《なんかい》も連《つ》れていき、城《しろ》を築《きづ》くために信長《のぶなが》の考《かんが》え方《かた》を広《ひろ》め

# 第二章　三法師の生い立ち

安土城《あづちじょう》の設計《せっけい》を取《と》り入《い》れて完成《かんせい》したのでした。

二十年後《にじゅうねんご》に大坂城《おおさかじょう》が家康《いえやす》によって落城《らくじょう》しますが、このとき秀頼公《ひでよりこう》はサンボーラーの魔力《まりょく》の助《たす》けを借《か》りて月《つき》に逃《のが》れて安土月城《あづちつきじょう》に入《はい》るのです。

秀頼公《ひでよりこう》は秀吉《ひでよし》の子供《こども》ではなく、サンボーラーの子供《こども》だとも言《い》われています。

そして月《つき》よりときどき岐阜城《ぎふじょう》に舞《ま》い下《お》りては、徳川家《とくがわけ》に復讎《ふくしゅう》の攻撃《こうげき》を仕掛《しか》けるのです。

サンボーラーは**水遁**《すいとん》、**火遁**《かとん》、**雲遁**《うんとん》、**雷遁**《らいとん》、**風遁**《ふうとん》の日本《にほん》の忍術《にんじゅつ》も使《つか》いました。

日本《にほん》にも神話《しんわ》がありますが、ヨーロッパや、ほかのどこの国《くに》にも神話《しんわ》がありま
す。

信長《のぶなが》はこれらをまったく信《しん》じていませんでしたが、しかし、キリスト教《きょう》を中心《ちゅうしん》とした復活祭《ふっかつさい》にみられる、死者《ししゃ》がよみがえる西洋《せいよう》の宗教《しゅうきょう》には興味《きょうみ》をもっていたようです。日本《にほん》では神仏《しんぶつ》というものがあるが、信長《のぶなが》は無視《むし》していました。魔力《まりょく》、妖術《ようじゅつ》、魔女《まじょ》、突然瞬間的《とつぜんしゅんかんてき》に空《そら》を飛《と》んでしまう魔法《まほう》の杖《つえ》というような西洋《せいよう》の物語《ものがたり》など

は少《すこ》し信用《しんよう》していた節《ふし》があります。霊的体験《れいてきたいけん》というものは瞑想《めいそう》でもあるわけです。これは重力《じゅうりょく》、引力《いんりょく》から自由《じゆう》になるということだと思《おも》っていました。信長《のぶなが》は空《そら》を飛《と》ぶ宇宙《うちゅう》の船《ふね》が必《かなら》ずできる、星《ほし》へも飛《と》んでいって地球《ちきゅう》の大気圏《たいきけん》から外《そと》へ出《で》るということが可能《かのう》だとも思《おも》っていました。

つまり太陽的《たいようてき》な体験《たいけん》と月的《つきてき》な体験《たいけん》を二《ふた》つに分《わ》けてみると、太陽体験《たいようたいけん》というのは頭《あたま》の中《なか》にある神経中枢《しんけいちゅうすう》のエネルギーを上《あ》げてそこから外《そと》へ飛《と》び出《だ》す、あっと言《い》う間《ま》に飛《と》んでしまう、何時間《なんじかん》でも飛《と》べるというのが魔術《まじゅつ》の根本《こんぽん》のようです。

信長《のぶなが》は天体《てんたい》や心霊《しんれい》との一体化《いったいか》、合体《がったい》するということを考《かんが》えていました。これは現代《げんだい》の神《かみ》がかり的《てき》な体験《たいけん》、ヨガ、瞑想《めいそう》、無《む》、座禅《ざぜん》に通《つう》ずるものがあると思《おも》われます。呪文《じゅもん》をとなえる、たとえば日本《にほん》の忍術《にんじゅつ》に見《み》られるごとく、忍者《にんじゃ》が急《きゅう》に身軽《みがる》になって飛《と》んで行《い》く、どこかに雲隠《くもがく》れする、これも西洋《せいよう》と同《おな》じような魔力《まりょく》です。このサンボーラーのとりまきの七人《しちにん》もこれから合戦《かっせん》に参加《さんか》して魔力《まりょく》を発揮《はっき》するようになっていくのです。

これらは、つまり月的《つきてき》な体験《たいけん》です。

# 第三章《だいしょう》　秀吉《ひでよし》の中国大返《ちゅうごくおおがえ》し

本能寺《ほんのうじ》の変《へん》が起《お》きたとき、秀吉《ひでよし》は高松城《たかまつじょう》を包囲《ほうい》して、水攻《みずぜ》め攻撃《こうげき》の最中《さいちゅう》でした。信長《のぶなが》の化身《けしん》のサンボーラーは、本能寺《ほんのうじ》の変《へん》の急《きゅう》を告《つ》げるべく魔法《まほう》の円盤《えんばん》にて秀吉《ひでよし》の本陣《ほんじん》に飛《と》んでいったのです。

二日《ふつか》の未明《みめい》、秀吉《ひでよし》は妙《みょう》な胸騒《むなさわ》ぎを覚《おぼ》えて目《め》をさましました。サンボーラーが枕《まくら》もとに立《た》っているではありませんか!!

おどろいた秀吉《ひでよし》が眠《ねむ》い目《め》をこすると、突然《とつぜん》パタパタと鷹《たか》の羽《は》ばたく大《おお》きい音《おと》がして、鷹《たか》の羽根《はね》らしきものでいやというほど顔《かお》をたたかれたのです。

「猿《さる》よ、予《よ》じゃ。惟任光秀《これとうみつひで》の謀叛《むほん》で襲《おそ》われた槍《やり》で手足《てあし》を突《つ》かれたため歩《ある》けぬ。もう駄目《だめ》かもしれん、無念《むねん》じゃ。予《よ》は切腹《せっぷく》するかもしれん。光秀《みつひで》を討《う》って仇《かたき》をとってくれ。あとは頼《たの》むぞ」

まぎれもない信長《のぶなが》の声《こえ》で、秀吉《ひでよし》は仰天《ぎょうてん》しました。正夢《まさゆめ》だ！　秀吉《ひでよし》は頭《あたま》の中《なか》でコマがくるくる回《まわ》って、混乱《こんらん》とおどろきでひざがふるえたのです。

ガバッとはね起《お》きましたが、激《はげ》しいめまいに二度三度《にどさんど》倒《たお》れました。ねねよりの報告《ほうこく》で信長《のぶなが》は近《ちか》く倒《たお》れるということは予感《よかん》していましたが、このように早《はや》くその時機《じき》が来《く》るとは思《おも》いもよらなかったのです。

「直《ただ》ちに毛利方《もうりかた》と和《わ》を結《むす》び、引《ひ》き上《あ》げて光秀《みつひで》を討《う》て。城主《じょうしゅ》の清水宗治《しみずむねはる》は皆《みな》の見《み》ている前《まえ》で舟《ふね》の上《うえ》で切腹《せっぷく》させよ。城兵《じょうへい》はすべて助《たす》けよ。サンボーラーが、高松城《たかまつじょう》の天守《てんしゅ》に飛《と》んで行《い》って『降伏《こうふく》せよ』と、おどして命令《めいれい》するはずである。そちも急《いそ》いで正式《せいしき》に敵《てき》と交渉《こうしょう》を始《はじ》めよ」

威厳《いげん》のあるいつもの信長《のぶなが》の声《こえ》です。

星明《ほしあ》かりに高松城《たかまつじょう》が水《みず》の上《うえ》にぽっかり浮《う》いている。これを見《み》た秀吉《ひでよし》はいつもの俊敏《しゅんびん》な我《われ》に返《かえ》ったのです。夜《よる》の明《あ》けるのももどかしく、秀吉《ひでよし》は忍者《にんじゃ》を姫路城《ひめじじょう》に走《はし》らせました。敵《てき》の様子《ようす》を知《し》りたかったのと、信長《のぶなが》に「ご安心《あんしん》ください、ご命令《めいれい》どおりにやります」と伝《つた》えたかったのです。同時《どうじ》に毛利輝元《もうりてるもと》に軍使《ぐんし》を送《おく》り、「城主《じょうしゅ》の清水宗治《しみずむねはる》と相談《そうだん》せよ」と伝《つた》えました。

サンボーラーは、高松城《たかまつじょう》の天守《てんしゅ》より忍《しの》びの術《じゅつ》で侵入《しんにゅう》して清水宗治《しみずむねはる》に「信長《のぶなが》の大軍《たいぐん》がすぐ到着《とうちゃく》するぞ。城《しろ》もあと少《すこ》しで水没《すいぼつ》する、降伏《こうふく》しろ」と迫《せま》ったのです。宗治《むねはる》は、「自分一人《じぶんひとり》切腹《せっぷく》するから、城兵《じょうへい》は助《たす》けてください。家老《かろう》に自分《じぶん》の手紙《てがみ》を持《も》たせて輝元公《てるもとこう》に伝《つた》えます」と言《い》って、城主《じょうしゅ》の手紙《てがみ》が毛利輝元《もうりてるもと》に届《とど》けられたのです。

サンボーラーのおかげで、和議《わぎ》はうまく成功《せいこう》しました。

翌朝《よくあさ》、城主《じょうしゅ》の清水宗治《しみずむねはる》の切腹《せっぷく》とお互《たが》いの軍《ぐん》を引《ひ》き上《あ》げる条件《じょうけん》が成立《せいりつ》しました。

その直後《ちょくご》のことです。福島市松正則《ふくしまいちまつまさのり》の怒鳴《どな》る大声《おおごえ》が響《ひび》き渡《わた》りました。

「逃《に》がすな！　毛利《もうり》の間者《かんじゃ》だ」

隙《すき》を見《み》た間者《かんじゃ》の大剣《たいけん》が市松《いちまつ》にふりおろされたのです。

間一髪《かんいっぱつ》身《み》をかわしたため、刃《やいば》は空《くう》を切《き》りました。

市松《いちまつ》を守《まも》っていた真田《さなだ》の忍者《にんじゃ》が火《ひ》ゴマのつぶてを毛利《もうり》の間者《かんじゃ》に投《な》げつけると、敵《てき》の体《からだ》にへばりついた火《ひ》ゴマは「パッパッ」と音《おと》をたててはじけました。

火薬《かやく》が入《はい》っていたため間者《かんじゃ》が「ウウッ」と奇声《きせい》を上《あ》げてのたうちながら湖水《こすい》にとびこんだところを市松《いちまつ》の命令《めいれい》で銃《じゅう》が発射《はっしゃ》されました。蜂《はち》の巣状《すじょう》に銃弾《じゅうだん》を受《う》けた間者《かんじゃ》は水底《みなぞこ》に沈《しず》んでいきました。危《あや》ういところを市松《いちまつ》も秀吉《ひでよし》も助《たす》かり、ホッと一息《ひといき》つきました。

秀吉《ひでよし》は、全軍《ぜんぐん》に退去《たいきょ》を命《めい》じてあっと言《い》う間《ま》に姫路《ひめじ》をめざしての強行軍《きょうこうぐん》が始《はじ》まりました。秀吉《ひでよし》はサンボーラーの先導《せんどう》により二日間《ふつかかん》で姫路城《ひめじじょう》に着《つ》いたのです。

姫路城《ひめじじょう》には、安倍陰陽師《あべのおんみょうじ》が秀吉《ひでよし》を待《ま》っていました。本能寺《ほんのうじ》の変《へん》のときに、安倍《あべの》晴明《せいめい》の子孫《しそん》の陰陽師《おんみょうじ》を連《つ》れて、信長《のぶなが》が脱出《だっしゅつ》したことは知《し》られていないのです。

信長《のぶなが》は、神仏《しんぶつ》を否定《ひてい》し、迷信《めいしん》、占《うらな》い、祈禱師《きとうし》を嫌《きら》って信《しん》じませんでしたが、安《あ》倍陰陽師《べのおんみょうじ》はなぜか信長《のぶなが》の側近《そっきん》になっていたのです。

信長《のぶなが》は宇宙《うちゅう》、天空《てんくう》、月《つき》、地球《ちきゅう》について宣教師《せんきょうし》を通《つう》じて西欧《せいおう》の科学文化《かがくぶんか》に興味《きょうみ》をもち、勉強《べんきょう》していました。

特《とく》に安倍晴明《あべのせいめい》の天文学《てんもんがく》に興味《きょうみ》をもち、雨《あめ》、風《かぜ》、雷《かみなり》、暑《あつ》さ、寒《さむ》さなど、天文《てんもん》・気《き》象《しょう》が信長《のぶなが》の行動時《こうどうじ》には頭《あたま》のなかで計算《けいさん》されていたのです。これらのことで、安倍《あべ》一族《いちぞく》の流《なが》れの者《もの》を側近《そっきん》に入《い》れていたようです。

安倍晴明《あべのせいめい》が天文学博士号《てんもんがくはかせごう》の位《くらい》を朝廷《ちょうてい》より与《あた》えられたのは、天慶《てんけい》の乱《らん》（平将門《たいらのまさかど》、?～九四〇年《きゅうひゃくよんじゅうねん》）の頃《ころ》で、信長《のぶなが》の時代《じだい》の六〇〇年前《ろっぴゃくねんまえ》のことです。

吉凶《きっきょう》、占《うらな》い、悪《わる》い日《ひ》、方角《ほうがく》などを占《うらな》って、日常生活《にちじょうせいかつ》に取《と》り入《い》れたようです。

式神《しきがみ》つまり、呪詛《じゅそ》の鬼神《きしん》として安倍晴明《あべのせいめい》は朝廷《ちょうてい》に密奏《みっそう》して信任《しんにん》が篤《あつ》かったので、安倍一族《あべいちぞく》は徳川《とくがわ》から明治《めいじ》までつづいたのです。

本能寺《ほんのうじ》の変《へん》のとき、安倍陰陽師《あべのおんみょうじ》は焔《ほのお》のなかで、「お館《やかた》さま、わたしへの天《てん》の声《こえ》が聞《き》こえてきました。信長《のぶなが》さまは、今日《きょう》は凶《きょう》ですが必《かなら》ず吉《きち》になり、長生《ながい》きできます。天下布武《てんかふぶ》も成就《じょうじゅ》できます。まちがいありません。私《わたし》がお供《とも》します。脱出《だっしゅつ》します。

しょう」と信長《のぶなが》を励《はげ》ましたのです。

「天文学上《てんもんがくじょう》から吉《きち》と出《で》ています」この一言《ひとこと》が信長《のぶなが》の心《こころ》の支《ささ》えになりました。天《てん》文学《もんがく》は信長《のぶなが》が信頼《しんらい》し、もっとも好《この》んだ学問《がくもん》でした。かくして本能寺《ほんのうじ》の地下道《ちかどう》から信長《のぶなが》は脱出《だっしゅつ》したのです。

安倍晴明《あべのせいめい》をまつる神社《じんじゃ》は、今《いま》も京都《きょうと》の祇園《ぎおん》の近《ちか》くにあり、そこの井戸《いど》は現世《げんせ》とあの世《よ》とをつなぐという言《い》い伝《つた》えが残《のこ》っています。

# 第四章《だいしょう》　山崎《やまざき》の合戦《かっせん》

明智光秀《あけちみつひで》は安土《あづち》の城《しろ》に攻《せ》め入《い》りました。天守《てんしゅ》にあった宝物《たからもの》や金庫《きんこ》、信長《のぶなが》が蓄《たくわ》えた財物《ざいぶつ》を手《て》に入《い》れ、味方《みかた》した大名《だいみょう》や部下《ぶか》に分《わ》け与《あた》えました。

信長《のぶなが》の領地《りょうち》だった近江《おうみ》から美濃《みの》にかけて光秀《みつひで》に向《む》かう者《もの》はいませんでした。京都《きょうと》に戻《もど》った光秀《みつひで》は、親交《しんこう》のある諸大名《しょだいみょう》に自分《じぶん》の傘下《さんか》に入《はい》るよう書状《しょじょう》を送《おく》りました。しかし、これらの書状《しょじょう》は、サンボーラーの七人《しちにん》の小姓《こしょう》が透明《とうめい》の頭巾《ずきん》をかぶり透明《とうめい》人間《にんげん》となって書状《しょじょう》を持《も》って旅《たび》の宿《やど》に泊《と》まっている使者《ししゃ》の部屋《へや》に忍《しの》び込《こ》み奪《うば》ってしまいました。

光秀《みつひで》は秀吉《ひでよし》の軍勢《ぐんぜい》が、六月七日《ろくがつなのか》に尼崎《あまがさき》まで迫《せま》っているという知《し》らせを受《う》けました。光秀《みつひで》は冷水《れいすい》を浴《あ》びせられたような衝撃《しょうげき》を受《う》けました。光秀《みつひで》は秀吉《ひでよし》が西国攻《さいごくぜ》めをしている間《あいだ》に毛利輝元《もうりてるもと》と手《て》を握《にぎ》り秀吉《ひでよし》を挟《はさ》み撃《う》ちにするつもりだったため、秀《ひで》吉《よし》の大坂《おおさか》までの快進撃《かいしんげき》は思《おも》いもよらなかったのです。

高槻城《たかつきじょう》にいた光秀《みつひで》の傘下《さんか》の高山右近《たかやまうこん》は、秀吉《ひでよし》に寝返《ねがえ》りました。あっと言《い》う間《ま》に秀吉《ひでよし》の勢力《せいりょく》が膨《ふく》れ上《あ》がり、光秀《みつひで》の三倍《さんばい》の兵力《へいりょく》になりました。信長《のぶなが》が本能寺《ほんのうじ》の変《へん》で倒《たお》れてから十日目《とおかめ》には、すでに高山右近《たかやまうこん》の軍勢《ぐんぜい》が光秀《みつひで》の山崎《やまざき》の陣《じん》に攻《せ》めていったのです。これらはすべてサンボーラーの超能力《ちょうのうりょく》による裏工作《うらこうさく》とねねによって事《こと》はうまく運《はこ》んだのです。

信長《のぶなが》の弔《とむら》い合戦《がっせん》が始《はじ》まりました。天王山《てんのうざん》には秀吉軍《ひでよしぐん》の主力《しゅりょく》が押《お》し寄《よ》せました。戦《たたか》いは二日間《ふつかかん》つづきましたが、サンボーラーの七人《しちにん》の小姓《こしょう》は魔力《まりょく》をもって光秀方《みつひでがた》を襲《おそ》いました。光秀《みつひで》が本能寺《ほんのうじ》を襲《おそ》ったとき小姓《こしょう》たちは安土城《あづちじょう》にいましたが、直《ただ》ちに魔法《まほう》の円盤《えんばん》を使《つか》って空《そら》を飛《と》んで姫路城《ひめじじょう》に入《はい》りました。

秀吉《ひでよし》は、六月五日《ろくがついつか》に中国《ちゅうごく》から姫路城《ひめじじょう》に戻《もど》りました。秀吉《ひでよし》は、サンボーラーと七《しち》人《にん》の小姓《こしょう》を見《み》て涙《なみだ》を流《なが》して喜《よろこ》びました。魔法《まほう》の円盤《えんばん》で七人《しちにん》は光秀軍《みつひでぐん》の上空《じょうくう》に飛《と》び、軍備《ぐんび》、配置《はいち》、兵力《へいりょく》の偵察《ていさつ》を行《おこな》いました。この報告《ほうこく》を聞《き》いた秀吉《ひでよし》は、光秀軍《みつひでぐん》の兵力《へいりょく》、配備《はいび》を知《し》り勝利《しょうり》を確信《かくしん》したのです。

秀吉軍《ひでよしぐん》は六月七日《ろくがつなのか》、尼崎《あまがさき》に着《つ》き、十二日《じゅうににち》、光秀《みつひで》と戦《たたか》いました。サンボーラーと七人《しちにん》の小姓《こしょう》たちは十一日《じゅういちにち》、十二日《じゅうににち》と光秀軍《みつひでぐん》の上空《じょうくう》を飛《と》び回《まわ》りました。天王山《てんのうざん》と対岸《たいがん》の石清水八幡宮《いわしみずはちまんぐう》の間《あいだ》を流《なが》れている淀川《よどがわ》の水面《すいめん》ぎりぎりに縦横《じゅうおう》に飛《と》びました。十二日《じゅうににち》、秀吉軍《ひでよしぐん》が動《うご》きました。

サンボーラーは光秀《みつひで》の後《うし》ろにピッタリ張《は》り付《つ》いて監視《かんし》していました。光秀《みつひで》が動揺《どうよう》して体《からだ》が小刻《こきざ》みに震《ふる》えているのがわかりました。銃撃戦《じゅうげきせん》が始《はじ》まったのです。

小姓《こしょう》たちは、地上《ちじょう》から光秀《みつひで》の鉄砲隊《てっぽうたい》の後方《こうほう》に回《まわ》りました。

「三段構《さんだんがま》えだ」「あそこの固《かた》まった旗《はた》に囲《かこ》まれているのが光秀《みつひで》の本陣《ほんじん》だ」「鉄砲隊《てっぽうたい》が三列《さんれつ》になって正面《しょうめん》を向《む》いている」「崖《がけ》のところにバラバラに隠《かく》れて鉄砲隊《てっぽうたい》がいるぞ」「河岸《かわぎし》に舟《ふね》が一艘《いっそう》あるぞ。あの中《なか》に鉄砲隊《てっぽうたい》が隠《かく》れているぞ」「二《に》万人《まんにん》はいるぞ」

四朗太《しろうた》から十朗太《じゅうろうた》までの七人《しちにん》の若侍《わかざむらい》は、光秀《みつひで》らの鉄砲隊《てっぽうたい》に取《と》り付《つ》きました。水《すい》遁《とん》の術《じゅつ》を使《つか》って、火縄銃《ひなわじゅう》に水《みず》をぶっかけて回《まわ》りました。そのため、鉄砲《てっぽう》はほとんど発射不可能《はっしゃふかのう》になりました。鉄砲隊《てっぽうたい》はついに全滅《ぜんめつ》したのです。

サンボーラーと七人《しちにん》の小姓《こしょう》は歓声《かんせい》を上《あ》げましたが、サンボーラーはなんとなく胸騒《むなさわ》ぎを覚《おぼ》えました。そこで円盤《えんばん》を使《つか》って仲間七人《なかましちにん》と秀吉《ひでよし》の本陣《ほんじん》に向《む》かって空《そら》を飛《と》びました。

「あっ、大変《たいへん》だ。甲賀《こうが》の忍《しの》びの奴《やつ》らが秀吉殿《ひでよしどの》の周《まわ》りを取《と》り囲《かこ》んでいる」

と五朗太《ごろうた》が叫《さけ》びました。あわてた七人《しちにん》は急降下《きゅうこうか》して地上《ちじょう》に舞《ま》い降《お》りて、火遁《かとん》の術《じゅつ》を使《つか》って光《ひかり》の鳥《とり》の火焔光線《かえんこうせん》を発射《はっしゃ》しました。

「早《はや》くやれ、皆殺《みなごろ》しだ。逃《に》がすな」

とサンボーラーは大声《おおごえ》を上《あ》げました。敵《てき》はあっと言《い》う間《ま》に火《ひ》の玉《たま》となり燃《も》えつきました。あとに残《のこ》ったのはわずかの灰《はい》でした。

秀吉《ひでよし》は光秀攻撃《みつひでこうげき》のため、夢中《むちゅう》になって指揮《しき》をとったわずかのすきをつかれたのです。

危《あぶ》ないところでした。命《いのち》びろいしたことを知《し》った秀吉《ひでよし》は、

「でかしたぞ、サンボーラー。礼《れい》を言《い》うぞ」

とサンボーラーの肩《かた》をたたいて褒《ほ》めたたえました。

光秀《みつひで》は、あっと言《い》う間《ま》に二時間《にじかん》の戦《たたか》いで敗《やぶ》れて退却《たいきゃく》を始《はじ》めました。

坂本城《さかもとじょう》に戻《もど》って、勢《いきお》いを取《と》り戻《もど》して秀吉《ひでよし》と戦《たたか》おうと考《かんが》えたのです。

山崎《やまざき》の合戦《かっせん》に敗《やぶ》れた光秀《みつひで》が、坂本城《さかもとじょう》に向《む》かって数人《すうにん》の部下《ぶか》とともに山《やま》の中《なか》を敗《はい》走中《そうちゅう》に、サンボーラーの魔力《まりょく》が後《うし》ろから忍《しの》び寄《よ》りました。

光秀《みつひで》のあとを追《お》った一人《ひとり》の武将《ぶしょう》がいました。竹藪《たけやぶ》の中《なか》に入《はい》った光秀《みつひで》を、

「待《ま》て、光秀《みつひで》。尋常《じんじょう》に勝負《しょうぶ》しろ」

と大声《おおごえ》を上《あ》げて仁王《におう》立《だ》ちになって光秀《みつひで》に迫《せま》りました。三法師《さんぼうし》の魔術《まじゅつ》がこの武将《ぶしょう》に乗《の》り移《うつ》ったのです。

サンボーラーが乗《の》り移《うつ》った武将《ぶしょう》は、光秀《みつひで》の前《まえ》に立《た》ちはだかりました。

「おのれ、光秀《みつひで》め。よくぞ我《わ》が主君《しゅくん》、信長殿《のぶながどの》を討《う》ったな。恩知《おんし》らずめ」

と叫《さけ》びながら馬《うま》の周囲《しゅうい》をクルクル回《まわ》って、槍《やり》で一突《ひとつ》きに光秀《みつひで》を鎧《よろい》の下《した》から突《つ》き上《あ》げたのです。光秀《みつひで》も刀《かたな》をふるって戦《たたか》いましたが及《およ》びませんでした。

光秀《みつひで》の数名《すうめい》の部下《ぶか》は、恐《おそ》れをなして皆逃《みなに》げました。

光秀《みつひで》は討《う》たれました。三法師《さんぼうし》が、祖父信長《そふのぶなが》の仇《かたき》を討《う》ったわけです。

# 第《だい》五章《しょう》　秀吉《ひでよし》と信長《のぶなが》の再会《さいかい》

明智軍《あけちぐん》を打《う》ち破《やぶ》った秀吉《ひでよし》は、意気揚々《いきようよう》と山崎《やまざき》から長浜《ながはま》の城《しろ》に帰《かえ》ってきました。長浜《ながはま》では、すでに「光秀討《みつひでう》たれる」の報《ほう》も入《はい》っていました。秀吉《ひでよし》が長浜城《ながはまじょう》の入《い》り口《ぐち》まで来《く》ると、裏山《うらやま》の砦《とりで》から降《お》りてきたねねたちと再会《さいかい》しました。

いいねねは、秀吉《ひでよし》に抱《だ》きついて眉《まゆ》を曇《くも》らせながら言《い》いました。

「大事《だいじ》な話《はなし》があるので天守《てんしゅ》のほうに来《き》てくだされ」

いいねねは信長《のぶなが》が生《い》きている、そして今《いま》、この城《しろ》に来《き》ていると話《はな》しました。

しかし、顔《かお》は焼《や》けただれて見《み》る影《かげ》もありません。片手《かたて》、片足《かたあし》も銃弾《じゅうだん》をうけ目《め》も片方《かたほう》しか見《み》えない状態《じょうたい》だと、一部始終《いちぶしじゅう》を話《はな》しました。

いいねねは、涙《なみだ》を流《なが》して報告《ほうこく》しました。秀吉《ひでよし》は驚愕《きょうがく》のあまり体《からだ》が震《ふる》えました。そして、天守《てんしゅ》の最上階《さいじょうかい》の部屋《へや》へ飛《と》んで上《あ》がりました。そこには、見《み》る影《かげ》もない信長《のぶなが》が

座《すわ》っていたのです。秀吉《ひでよし》は平《ひら》ぐものごとく手《て》をついて、

「殿《との》、よくぞ無事《ぶじ》でおられました。秀吉《ひでよし》め、うれしゅうございます」

と感激《かんげき》した面持《おもも》ちで信長《のぶなが》に言《い》いました。信長《のぶなが》は、

「いや、生《い》き恥《はじ》をさらした予《よ》の姿《すがた》は情《なさ》けない。よくぞ光秀《みつひで》を討《う》ってくれた。予《よ》はうれしいぞ。しかし、この姿《すがた》ではもう天下《てんか》に号令《ごうれい》することはできない。情《なさ》けないが、これから予《よ》に代《か》わって天下《てんか》を治《おさ》めてほしい。頼《たよ》りにできるのはそちだけだ。三法師《さんほうし》をもり立《た》てて天下布武《てんかふぶ》を行《おこな》ってくれ。予《よ》の知恵《ちえ》は未《いま》だ残《のこ》っている。頼《たの》むぞ」

信長《のぶなが》は、片手《かたて》で秀吉《ひでよし》の手《て》を固《かた》く握《にぎ》りしめました。

秀吉《ひでよし》の大勝利《だいしょうり》の報《ほう》は、天下《てんか》にとどろき渡《わた》ったのです。

信長《のぶなが》が秀吉《ひでよし》と手《て》を結《むす》んで天下布武《てんかふぶ》の大事業《だいじぎょう》を行《おこな》う約束《やくそく》が、このときなされました。

それから、清洲会議《きよすかいぎ》とつづいて、秀吉《ひでよし》は織田秀勝《おだひでかつ》（信長《のぶなが》の子《こ》で秀吉《ひでよし》の養子《ようし》）を担《かつ》いで大徳寺《だいとくじ》で信長《のぶなが》の大法要《だいほうよう》を華《はな》やかに行《おこな》いました。

この筋書《すじが》きは信長《のぶなが》の差《さ》し金《がね》で、ねねと秀吉《ひでよし》が相図《あいはか》って実行《じっこう》したのです。これによって三法師《さんぼうし》を担《かつ》いだ秀吉《ひでよし》は、信長《のぶなが》の跡《あと》を継《つ》ぐ者《もの》として三法師《さんぼうし》の後見人《こうけんにん》となりました。

信長《のぶなが》の武将《ぶしょう》たちは、秀吉《ひでよし》を織田家《おだけ》の実質支配者《じっしつしはいしゃ》として認《みと》めざるを得《え》なかったのです。三法師《さんぼうし》に織田家《おだけ》の跡目《あとめ》を継《つ》がすという約束《やくそく》が信長《のぶなが》との間《あいだ》にできていました。

そのとき、信長《のぶなが》の跡目《あとめ》を巡《めぐ》って信雄《のぶお》（二男《じなん》）、信孝《のぶたか》（三男《さんなん》）が争《あらそ》っていました。二人《ふたり》は秀吉《ひでよし》に手向《てむ》かっていたのです。しかし秀吉《ひでよし》は清洲会議《きよすかいぎ》のとき、織田武将《おだぶしょう》の前《まえ》で、三法師《さんぼうし》が跡目相続人《あとめそうぞくにん》であると宣言《せんげん》して、秀吉《ひでよし》が後見人《こうけんにん》という筋書《すじが》きをすでに実行《じっこう》していた後《あと》のことで秀吉《ひでよし》は軽《かる》く一蹴《いっしゅう》しました。

その裏《うら》には、いい、ねね夫人《ふじん》の存在《そんざい》が大《おお》きくものを言《い》ったのです。いいねねは信長《のぶなが》がお化《ば》けのよう顔《かお》で不自由《ふじゆう》な姿《すがた》で逃《に》げてきて以来《いらい》、ずっと信長《のぶなが》を守《まも》り、秀吉《ひでよし》と二人《ふたり》で信長《のぶなが》の意志《いし》の代弁者《だいべんしゃ》として密《ひそ》かに振《ふ》る舞《ま》っていました。サンボーラーの後《うしろ》ろには信長《のぶなが》の超霊力《ちょうれいりょく》がピッタリくっついています。信長《のぶなが》はやけどの傷《きず》のために体《からだ》が不自由《ふじゆう》になって、天下人《てんかびと》として世《よ》に現《あらわ》れることは不可能《ふかのう》に近《ちか》く、自《みずか》らの意志《いし》を秀吉《ひでよし》を通《つう》じて実行《じっこう》するため、その座《ざ》を秀吉《ひでよし》、サンボーラーに譲《ゆず》るべく、ねねを通《つう》じて実行《じっこう》していったのです。

秀吉《ひでよし》は、はじめは信長《のぶなが》のかいらい（あやつり人形《にんぎょう》）のような存在《そんざい》でしたが、その後《のち》、天下統一《てんかとういつ》の道《みち》を進《すす》んでいったのです。

信長《のぶなが》は生《い》きる屍《しかばね》ではありましたが、知力《ちりょく》、発想力《はっそうりょく》、開発力《かいはつりょく》などの抜群《ばつぐん》の能力《のうりょく》は少《すこ》しもおとろえていなかったのです。信長《のぶなが》は秀吉《ひでよし》にすべてを託《たく》したのです。

三法師《さんほうし》とその子孫《しそん》に天下《てんか》を譲《ゆず》るべく、秀吉《ひでよし》とねねは全力《ぜんりょく》を注《そそ》いだのです。

これは秀吉《ひでよし》とねね、三法師《さんほうし》、それと森蘭丸《もりらんまる》、松千代《まつちよ》の五人《ごにん》しか知《し》らない秘密《ひみつ》です。そこで秀吉《ひでよし》は、三法師《さんほうし》を将来《しょうらい》は信長《のぶなが》の跡目《あとめ》を継《つ》ぐ者《もの》として天下《てんか》を譲《ゆず》るという約束《やくそく》を守《まも》るべく、まっしぐらに天下取《てんかと》りの道《みち》を進《すす》んだのでした。

信長《のぶなが》に恨《うら》みをもった怨霊《おんりょう》・霊力《れいりょく》・魔力《まりょく》が飛《と》び交《か》い、西洋《せいよう》、東洋《とうよう》の魔力《まりょく》も入《い》り交《ま》じって戦《たたか》いは始《はじ》まったのです。

秀吉《ひでよし》には子供《こども》が一人《ひとり》もいませんでした。

秀吉《ひでよし》は信長《のぶなが》の子供《こども》を養子《ようし》にしていました。信長《のぶなが》は秀吉《ひでよし》を盛《も》り立《た》て、信長《のぶなが》の天性《てんせい》の発想力《はっそうりょく》、ぬきんでた行動力《こうどうりょく》を秀吉《ひでよし》とサンボーラーに与《あた》え、天下布武《てんかふぶ》を継承《けいしょう》すべく三人《さんにん》の共同作戦《きょうどうさくせん》が演《えん》じられました。

秀吉《ひでよし》、三法師《さんぼうし》に敵対《てきたい》する大名《だいみょう》たちには信長《のぶなが》の霊力《れいりょく》が襲《おそ》いました。血《ち》みどろの顔《かお》で潰《つぶ》れた片目《かため》の信長《のぶなが》が敵《てき》を睨《にら》み付《つ》けたのです。敵対勢力《てきたいせいりょく》の大名《だいみょう》たちは腰《こし》を抜《ぬ》かすばかりか仰天《ぎょうてん》して顔《かお》は青《あお》ざめ、「お許《ゆる》しください」とわめき震《ふる》えるばかりでした。彼《かれ》らには信長《のぶなが》の亡霊《ほうれい》と映《うつ》ったのです。

# 第《だい》六章《しょう》　ねねの秘密《ひみつ》

明智光秀《あけちみつひで》の不審《ふしん》な行動《こうどう》について蘭丸《らんまる》の忠告《ちゅうこく》もあり、ねねは光秀《みつひで》が信長《のぶなが》を亡《な》き者《もの》にしようと思《おも》っていることを知《し》っていました。

真田《さなだ》の忍者《にんじゃ》、蜂須賀《はちすか》の忍《しの》びの間者《かんじゃ》を数十名《すうじゅうめい》、意《い》のままに動《うご》かして、光秀《みつひで》、家康《いえやす》、信長《のぶなが》の周辺《しゅうへん》の動《うご》きをくまなくさぐっていたのです。もちろん、秀吉《ひでよし》との共同作戦《きょうどうさくせん》でした。

六月一日《ろくがつついたち》、光秀《みつひで》が中国《ちゅうごく》への援軍一万三千人《えんぐんいちまんさんぜんにん》の軍勢《ぐんぜい》を引《ひ》き連《つ》れて出陣《しゅつじん》する様子《ようす》を蜂須賀《はちすか》の間者《かんじゃ》が十名監視《じゅうめいかんし》しつづけていたのです。

忍者《にんじゃ》たちは光秀《みつひで》が京都《きょうと》に向《む》かったことを、ねねと中国高松城《ちゅうごくたかまつじょう》の秀吉《ひでよし》に飛鳥《ひちょう》のごとく飛《と》んでいって知《し》らせました。

ねねは、細川《ほそかわ》、津田《つだ》、高山《たかやま》、筒井《つつい》、イエズス会《かい》の宣教師《せんきょうし》たちに手《て》をうち、間者《かんじゃ》を忍《しの》び込《こ》ませていたのです。

特《とく》に、公卿《くぎょう》にも金《かね》をばらまいて情報《じょうほう》をとっていたところ、おどろくべき信長殺《のぶながころ》しの計画《けいかく》を知《し》ったのです。半年間《はんとしかん》にわたり情報《じょうほう》を集《あつ》めた結果《けっか》、黒幕《くろまく》はバテレンということがわかりました。

信長《のぶなが》は、やがて朝廷《ちょうてい》を押《お》さえ込《こ》み、バテレンを追放《ついほう》し、支那《しな》を征服《せいふく》するだろう。そして、安土《あづち》の総見寺《そうけんじ》に武将《ぶしょう》を集《あつ》め、信長《のぶなが》は自身《じしん》を神《かみ》として拝《おが》ませて君臨《くんりん》しようとしている。これはキリスト教《きょう》の神《かみ》・イエスを冒瀆《ぼうとく》するものだ。この傲慢《ごうまん》は許《ゆる》せない、と信長《のぶなが》を抹殺《まっさつ》して、そのあとは秀吉《ひでよし》か家康《いえやす》か柴田《しばた》を担《かつ》ぎ上《あ》げようともくろんだのです。朝廷《ちょうてい》の公卿連中《くぎょうれんちゅう》に細川《ほそかわ》を通《つう》じて働《はたら》きかけ、秀吉《ひでよし》がバテレンの意中《いちゅう》の人《ひと》で信長《のぶなが》よりましであると決《き》めたようです。

光秀《みつひで》をそそのかして信長《のぶなが》を討《う》ち、光秀《みつひで》を極悪人《ごくあくにん》として秀吉《ひでよし》に仇討《あだう》ちをさせるという筋書《すじが》きをバテレンは立《た》てて細川《ほそかわ》、朝廷《ちょうてい》、高山《たかやま》、筒井《つつい》、津田宗及《つだそうきゅう》などを動《うご》かして、信長《のぶなが》から秀吉《ひでよし》への天下人《てんかびと》の首《くび》のすげ替《か》えをはかったのです。

そのため光秀《みつひで》に、

「本願寺《ほんがんじ》との戦《たたか》いで信長公《のぶながこう》に大砲《たいほう》・弾丸《だんがん》をポルトガルより運《はこ》んで援助《えんじょ》したのに、信長《のぶなが》は見向《みむ》きもしない。不届《ふとど》き千万《せんばん》だ」と言《い》って、「光秀《みつひで》に武器《ぶき》の援助《えんじょ》をする」と公約《こうやく》したのです。

ねねより、「六月二日《ろくがつふつか》に本能寺《ほんのうじ》に泊《と》まっている信長《のぶなが》を襲《おそ》うかもしれない」という情報《じょうほう》を秀吉《ひでよし》は得《え》ていましたが、六月三日《ろくがつみっか》にはすでに蜂須賀《はちすか》の間者《かんじゃ》により、「光秀《みつひで》が信長《のぶなが》を討《う》った」との報《ほう》を聞《き》いた秀吉《ひでよし》は直《ただ》ちに行動《こうどう》を起《お》こしたのです。

サンボーラーは三歳《さんさい》でしたが、信長《のぶなが》の超能力《ちょうのうりょく》が乗《の》り移《うつ》って秀吉《ひでよし》の陣《じん》に飛《と》び込《こ》んでいったのです。ねねは、天下布武《てんかふぶ》は夫《おっと》の秀吉《ひでよし》がやるのだという使命感《しめいかん》のもとに、秀吉《ひでよし》とサンボーラーを実質支配《じっしつしはい》していたのです。

ねねは、高松城攻《たかまつじょうぜ》めの秀吉《ひでよし》に、

「軍勢一万五千《ぐんぜいいちまんごせん》は、武器弾薬《ぶきだんやく》を捨《す》てて裸《はだか》で姫路《ひめじ》まで退却《たいきゃく》せよ」

と急《いそ》がせ、姫路《ひめじ》には一万五千人《いちまんごせんにん》の軍勢《ぐんぜい》の鉄砲武器《てっぽうぶき》、具足《ぐそく》が用意《ようい》されていたのです。

光秀《みつひで》の配下《はいか》の高山右近《たかやまうこん》、筒井順慶《つついじゅんけい》、細川《ほそかわ》、津田宗及《つだそうきゅう》たちや他《ほか》の武将《ぶしょう》もあっと言《い》う間《ま》に秀吉《ひでよし》に味方《みかた》して三万五千《さんまんごせん》の軍勢《ぐんぜい》に膨《ふく》れ上《あ》がりました。信長《のぶなが》の死《し》を予知《よち》していたねねが手《て》をうっていたのです。

そして秀吉《ひでよし》は四日《よっか》の朝《あさ》、毛利《もうり》との和議《わぎ》を血判状《けつぱんじょう》で結《むす》び、午前八時《ごぜんはちじ》に総退却《そうたいきゃく》の命令《めいれい》で信長《のぶなが》の死《し》を知《し》った毛利《もうり》の追撃《ついげき》を警戒《けいかい》しつつ、韋駄天走《いだてんばし》りで七日《なのか》の午前六時《ごぜんろくじ》に姫路城《ひめじじょう》に入《はい》ったのです。台風《たいふう》の季節《きせつ》で大風雨《だいふうう》のなかを毛利《もうり》の追撃《ついげき》を受《う》けることもなく、一二〇《ひゃくにじゅっ》キロをわずか五十四時間《ごじゅうよじかん》で走破《そうは》するという強行軍《きょうこうぐん》でした。

秀吉《ひでよし》は、金貨六十枚《きんかろくじゅうまい》、銀十貫《ぎんじゅっかん》を持《も》ち帰《かえ》り、姫路《ひめじ》の金八百枚《きんはっぴゃくまい》、銀七百五十貫《ぎんななひゃくごじゅっかん》と合《あ》わせてすべて全軍《ぜんぐん》の兵士《へいし》に与《あた》えたので士気《しき》は大《おお》いに上《あ》がりました。

ねねは、信長《のぶなが》の死《し》の予知《よち》は一切自分《いっさいじぶん》の胸《むね》に秘《ひ》めて何食《なにく》わぬ顔《かお》で行動《こうどう》したのです。

バテレンに負《ま》けた信長《のぶなが》でしたが、あとをひきついだねね、サンボーラー、秀吉《ひでよし》は、バテレンと戦《たたか》いきりました。日本《にほん》の忍者《にんじゃ》とバテレンの魔術師《まじゅつし》との戦《たたか》いで、日《に》本《ほん》の忍者《にんじゃ》は果《は》たして勝《か》ったのでしょうか?

# 第《だい》七章《しょう》　賤《しず》ヶ《が》岳《たけ》の戦《たたか》い（柴《しば》田《た》勝《かつ》家《いえ》の死《し》）

織田信孝《おだのぶたか》が三法師《さんぽうし》を取《と》り込《こ》んで秀吉《ひでよし》に渡《わた》さないということで、秀吉《ひでよし》は信孝《のぶたか》を攻《こう》撃《げき》する前《まえ》に長浜城《ながはまじょう》を攻撃《こうげき》しました。清洲会議《きよすかいぎ》のあと、秀吉《ひでよし》の城《しろ》の長浜《ながはま》は勝家《かついえ》に譲《ゆず》り渡《わた》したので、勝家《かついえ》の領地《りょうち》になっていました。そこで秀吉《ひでよし》は長浜城《ながはまじょう》を攻《せ》めました。長浜城《ながはまじょう》を守《まも》っていた勝家《かついえ》の子供《こども》は、秀吉軍《ひでよしぐん》が迫《せま》ってくるということで簡単《かんたん》に降伏《こうふく》しました。長浜《ながはま》を取《と》り返《かえ》した秀吉《ひでよし》は、直《ただ》ちに岐阜城《ぎふじょう》を攻撃《こうげき》したのです。織田信孝《おだのぶたか》もすぐに降伏《こうふく》しました。そこで秀吉《ひでよし》は伊勢《いせ》の滝川一族《たきがわいちぞく》を討《う》つべく、二月《にがつ》、伊勢《いせ》に進撃《しんげき》しました。

勝家《かついえ》は直《ただ》ちに決断《けつだん》をして、秀吉《ひでよし》の背後《はいご》を攻撃《こうげき》すべく二万《にまん》の軍勢《ぐんぜい》を率《ひき》いて、天正《てんしょう》十一年二月二十八日《じゅういちねんにがつにじゅうはちにち》、雪《ゆき》に覆《おお》われた北陸道《ほくりくどう》を出陣《しゅつじん》しました。

秀吉《ひでよし》に敵対《てきたい》する勝家《かついえ》の情報《じょうほう》は信長《のぶなが》の指示《しじ》で、サンボーラーが魔法《まほう》の円盤《えんばん》に乗《の》ってさぐり、すべて秀吉《ひでよし》に通報《つうほう》しました。ねねと信長《のぶなが》は長浜城《ながはまじょう》に戻《もど》ったのです。その頃《ころ》、信長《のぶなが》を恨《うら》む人々《ひとびと》、信長《のぶなが》に殺《ころ》された敵《てき》の武将《ぶしょう》、追《お》いやられた信長《のぶなが》の武将《ぶしょう》など殺《ころ》された数知《かずし》れぬ無数《むすう》の亡霊《ぼうれい》が信長《のぶなが》の周《まわ》りを飛《と》び交《か》い、日夜《にちや》信長《のぶなが》を苦《くる》しめていました。

長浜城《ながはまじょう》にいた信長《のぶなが》のもとに、武田勝頼《たけだかつより》の亡霊《ぼうれい》が現《あらわ》れたのです。

信長《のぶなが》は家康《いえやす》と組《く》んで武田勝頼《たけだかつより》を天目山《てんもくざん》に追《お》いつめ、一族《いちぞく》もろとも滅《ほろ》ぼしました。甲斐《かい》の名家《めいか》、武田家《たけだけ》は信玄《しんげん》の時代《じだい》の武田二十四《たけだにじゅうし》の武将《ぶしょう》のほとんどが、信玄《しんげん》の死《し》後謀叛《ごむほん》を企《くわだ》て勝頼《かつより》を見捨《みす》てたのです。

勝頼《かつより》は天目山《てんもくざん》で信長《のぶなが》への恨《うら》みを込《こ》めて無念《むねん》の最期《さいご》を遂《と》げたのです。

かくして勝頼《かつより》の亡霊《ぼうれい》が復讎《ふくしゅう》すべく信長《のぶなが》を襲《おそ》ってきました。

信長《のぶなが》が世捨人《よすてびと》になっても勝頼《かつより》は執拗《しつよう》に現《あらわ》れましたが、三歳《さんさい》のサンボーラーが追《お》っぱらったのです。

サンボーラーの魔力《まりょく》と念力《ねんりき》で、勝頼《かつより》の亡霊《ぼうれい》は家康《いえやす》の城《しろ》に追《お》いやられました。

秀吉《ひでよし》は宣教師《せんきょうし》を通《つう》じて西洋《せいよう》の優《すぐ》れた技術《ぎじゅつ》の義足《ぎそく》、義手《ぎしゅ》、顔《かお》のやけど隠《かく》しの面《めん》をつくり信長《のぶなが》に献上《けんじょう》していました。

信長《のぶなが》は満足《まんぞく》していましたが、面《めん》を付《つ》けて人前《ひとまえ》に出《で》ることは嫌《きら》っていました。

柴田軍《しばたぐん》は琵琶湖《びわこ》の北《きた》にある山々《やまやま》に砦《とりで》を築《きず》き、堀《ほり》を掘《ほ》って秀吉《ひでよし》の軍勢《ぐんぜい》を待《ま》っていました。柳ヶ瀬《やながせ》の中尾山《なかおやま》、行市山《ぎょうしやま》、中谷山《なかたにやま》、別所山《べっしょやま》に六人《ろくにん》の武将《ぶしょう》を配《はい》しました。

本陣《ほんじん》は佐久間盛政《さくまもりまさ》、前田利家《まえだとしいえ》が固《かた》めて秀吉軍《ひでよしぐん》を迎《むか》え撃《う》つことにしました。

秀吉《ひでよし》はサンボーラーからの知《し》らせで、勝家《かついえ》の軍《ぐん》の動向《どうこう》は手《て》に取《と》るようにわかっていました。秀吉軍《ひでよしぐん》は堀秀政《ほりひでまさ》から十三番《じゅうさんばん》の中川清秀《なかがわきよひで》まで十三段構《じゅうさんだんがま》え、最後《さいご》は小姓《こしょう》、側近《そっきん》の鉄砲隊《てっぽうたい》という構成《こうせい》で接近戦《せっきんせん》を避《さ》けたのです。これは信長《のぶなが》の天才的作戦《てんさいてきさくせん》とサンボーラーの超能力《ちょうのうりょく》の指揮《しき》によるものです。田上山《たかみやま》付近《ふきん》の秀長《ひでなが》、生駒《いこま》・蜂須賀《はちすか》の諸将《しょしょう》を木《き》の本《もと》付近《ふきん》に配備《はいび》しました。秀吉《ひでよし》は三月十一日《さんがつじゅういちにち》に佐和山城《さわやまじょう》、十二日《じゅうににち》に長浜城《ながはまじょう》に入《はい》りました。

戦《たたか》いは長期戦《ちょうきせん》となり、春《はる》になりました。秀吉《ひでよし》の兵力《へいりょく》は十万《じゅうまん》と言《い》われています。

そのとき、伊勢《いせ》にいた滝川一益《たきがわかずます》と岐阜《ぎふ》にいた信孝《のぶたか》が、約束《やくそく》を破《やぶ》って秀吉《ひでよし》に向《む》かってきました。秀吉《ひでよし》は信孝《のぶたか》を討《う》つべく一万《いちまん》の兵《へい》を率《ひき》いて四月十七日《しがつじゅうしちにち》に大垣《おおがき》に入《はい》りました。秀吉《ひでよし》は岐阜《ぎふ》の城《しろ》を攻《せ》めたのです。秀吉方《ひでよしがた》の山路将監《やまじしょうげん》が柴田方《しばたがた》に寝返《ねがえ》りました。

佐久間盛政《さくまもりまさ》は山路《やまじ》の情報《じょうほう》をもとに大岩山《おおいわさん》の中川清秀《なかがわきよひで》の砦《とりで》を攻《せ》めました。

サンボーラーの報告《ほうこく》によって、中川清秀《なかがわきよひで》の砦《とりで》が佐久間盛政《さくまもりまさ》のために落《お》とされたと聞《き》いた秀吉《ひでよし》は思《おも》わず喜《よろこ》びました。

「勝《か》ったぞ、これは勝《か》ったぞ」

とサンボーラーの手《て》を取《と》り喜《よろこ》びました。

秀吉《ひでよし》はサンボーラーのすすめによって、琵琶湖《びわこ》の岸《きし》を北《きた》に向《む》かって味方《みかた》の陣《じん》に急《いそ》いだのです。

サンボーラーと七人《しちにん》の小姓《こしょう》たちは通過《つうか》していく村々《むらむら》に入《はい》るたび、庄屋《しょうや》を呼《よ》び村中《じゅう》の人々《ひとびと》を集《あつ》めて、一軒《いっけん》から米一升《こめいっしょう》ずつを出《だ》させ、

「すぐに飯《めし》の用意《ようい》をしろ。用意《ようい》ができたら道《みち》の両側《りょうがわ》に出《だ》しておけ。馬《うま》の食《た》べ物《もの》、水《みず》も忘《わす》れてはならない。代金《だいきん》はあとで払《はら》う」と言《い》いつけて、

「たいまつに火《ひ》をつけて道端《みちばた》に並《なら》べろ」

と言《い》ってたくさんのたいまつを渡《わた》しました。

これらは、秀吉《ひでよし》の命令《めいれい》でサンボーラーと七人《しちにん》の小姓《こしょう》が指揮《しき》をして行動《こうどう》しました。

夕方近《ゆうがたちか》くになって大垣《おおがき》の城《しろ》を出《で》た秀吉《ひでよし》は、たいまつの火《ひ》に照《て》らされた明《あか》るい夜道《よみち》に馬《うま》を走《はし》らせました。

民家《みんか》の裏《うら》には飯《めし》の用意《ようい》ができていました。馬《うま》も休《やす》められました。

サンボーラーが案内《あんない》した六〇《ろくじゅっ》キロもある道《みち》のりを六時間《ろくじかん》で辿《たど》り着《つ》いたのです。

普通《ふつう》なら一日《いちにち》かかるところを、さすが秀吉《ひでよし》は速《はや》かったのです。

七人《しちにん》の小姓《こしょう》も秀吉軍《ひでよしぐん》について疾風《しっぷう》のように周《まわ》りを警戒《けいかい》しながら飛《と》び回《まわ》りました。佐久間盛政《さくまもりまさ》は、秀吉《ひでよし》が反撃《はんげき》してきたことを知《し》り慌《あわ》てました。

盛政《もりまさ》は勝家《かついえ》から、

「敵《てき》の砦《とりで》を落《お》としたらすぐに軍勢《ぐんぜい》を引《ひ》くようにしろ。深追《ふかお》いはするな」と命令《めいれい》されていましたが、従《したが》いませんでした。

サンボーラーは盛政《もりまさ》の陣《じん》に忍《しの》び寄《よ》り、そして盛政《もりまさ》に魔術《まじゅつ》をかけたのです。真《ま》っ赤《か》な閃光《せんこう》が虚空《こくう》を走《はし》り、さーっと地上《ちじょう》に下《お》りてきました。

そして、盛政《もりまさ》を包《つつ》みました。

（今《いま》ぞ、出陣《しゅつじん》せよ、それいけ、勝《か》てるぞ）とそそのかしたのです。

盛政《もりまさ》が迷《まよ》わず攻撃《こうげき》に出《で》たところを、秀吉《ひでよし》が背後《はいご》を攻《せ》めました。

サンボーラーの呪術《じゅじゅつ》によって、たちまち包囲《ほうい》された盛政《もりまさ》はようやく悟《さと》り、夜《よる》になり退却《たいきゃく》を始《はじ》めましたが、もうすでに遅《おそ》く勝家軍《かついえぐん》はなだれをうって敗走《はいそう》したのです。

賤ヶ岳《しずがたけ》の砦《とりで》から逃《に》げる佐久間方《さくまがた》に、後《うし》ろから攻撃《こうげき》を仕掛《しか》けました。

秀吉《ひでよし》の側近《そっきん》、若手《わかて》の武将《ぶしょう》がすばらしい手柄《てがら》を立《た》てたのです。

世《よ》に言《い》う賤ヶ岳七本槍《しずがたけしちほんやり》の戦《たたか》いです。盛政《もりまさ》の騎馬隊《きばたい》がこの若手武将《わかてぶしょう》に襲《おそ》いかかりました。

「屏風《びょうぶ》の盾《たて》をつくれ」「逃《に》がすな、槍《やり》でフスマをつくれ」と盛政《もりまさ》が言《い》いました。

福島正則《ふくしままさのり》、加藤嘉明《かとうよしあき》、平野長泰《ひらのながやす》、糟屋武則《かすやたけのり》、脇坂安治《わきさかやすはる》、加藤清正《かとうきよまさ》、片桐且元《かたぎりかつもと》ら七人《しちにん》が秀吉《ひでよし》の子飼《こが》いの若武者《わかむしゃ》です。別《べつ》に石川兵介《いしかわへいすけ》は戦死《せんし》し、桜井信吉《さくらいしんきち》の二人《ふたり》は感状《かんじょう》をもらいました。片桐且元《かたぎりかつもと》は北国一《きたぐにいち》の強力《きょうりょく》の石川五右衛門《いしかわごえもん》と戦《たたか》っていました。

五朗太《ごろうた》が念力呪文《ねんりきじゅもん》をとなえて、安川《やすかわ》の怯《ひる》んだところを槍《やり》で突《つ》き殺《ころ》しました。加藤清正《かとうきよまさ》は戸波隼人《となみはやと》を馬《うま》から引《ひ》きずり下《お》ろして首《くび》を取《と》りました。

さらに清正《きよまさ》は裏切《うらぎ》り者《もの》の山路将監《やまじしょうげん》と激《はげ》しい一騎《いっき》打《う》ちの末《すえ》、槍《やり》を捨《す》てて組討《くみう》ちをしました。二人《ふたり》は崖《がけ》の下《した》に転落《てんらく》、そのとき十朗太《じゅうろうた》が滑《すべ》り落《お》ちる清正《きよまさ》に蛸《たこ》の吸盤《きゅうばん》のように崖《がけ》にへばり付《つ》いて手《て》を貸《か》して傷《きず》つかぬよう支《ささ》えました。

清正《きよまさ》は滑《すべ》り落《お》ちながら山路《やまじ》をねじ伏《ふ》せて首《くび》を取《と》ったのです。

福島正則《ふくしままさのり》は大聖寺《だいしょうじ》の城主拝郷五左衛門《じょうしゅはいごうござえもん》と激《はげ》しく太刀《たち》で切《き》りむすび、押《お》し倒《たお》して首《くび》を取《と》りました。糟屋武則《かすやたけのり》は宿屋七左衛門《しゅくやしちざえもん》を槍《やり》で一突《ひとつ》きにして首《くび》を取《と》りました。

平野《ひらの》は敵将《てきしょう》の小原《おばら》、松村《まつむら》の二人《ふたり》を倒《たお》し、脇坂《わきさか》は槍《やり》の達人《たつじん》水野助兵衛《みずのすけべえ》をそれぞれ倒《たお》しました。加藤嘉明《かとうよしあき》は、浅野七兵衛《あさのしちべえ》と組討《くみう》ちをして首《くび》をはねました。

七人《しちにん》の小姓《こしょう》が、相手《あいて》に呪文《じゅもん》をかけ加勢《かせい》したのです。

十八歳《じゅうはっさい》の桜井《さくらい》は宿屋七左衛門《しゅくやしちざえもん》の槍《やり》と戦《たたか》い、勝負《しょうぶ》がつかなかったのですが、襲《おそ》いかかってきた宿屋《しゅくや》の弟《おとうと》の首《くび》を取《と》りました。秀吉《ひでよし》はこの九人《くにん》に感状《かんじょう》を与《あた》えました。

七人《しちにん》の小姓《こしょう》が後《うし》ろよりくっついて、詳《くわ》しいその戦《たたか》いぶりを秀吉《ひでよし》に報告《ほうこく》しました。

秀吉《ひでよし》は膝《ひざ》をたたいて喜《よろこ》びました。勝家《かついえ》の敗色《はいしょく》が濃《こ》くなったとき、サンボーラーと五朗太《ごろうた》と八朗太《はちろうた》の説得《せっとく》によって前田利家《まえだとしいえ》が秀吉方《ひでよしがた》に寝返《ねがえ》ったのです。

秀吉軍《ひでよしぐん》の総攻撃《そうこうげき》が始《はじ》まりました。勝家《かついえ》の軍勢《ぐんぜい》は照《て》りつける山《やま》の地《ち》を総退却《そうたいきゃく》し、北《きた》の庄《しょう》に逃《に》げていきました。七人《しちにん》の小姓《こしょう》たちは追撃《ついげき》しながら火遁《かとん》の術《じゅつ》を使《つか》って、超能力《ちょうのうりょく》、念力《ねんりき》の火焔光線《かえんこうせん》を発射《はっしゃ》しながら敵《てき》を数百人倒《すうひゃくにんたお》しました。

この殺人光線《さつじんこうせん》は「光《ひかり》の鳥《とり》」と言《い》われ、恐《おそ》れられていました。

北《きた》の庄《しょう》についた勝家《かついえ》の軍勢《ぐんぜい》は、すでに二千人《にせんにん》しか手元《てもと》に残《のこ》っていませんでした。

城《しろ》に立《た》てこもった勝家《かついえ》は、お市《いち》の方《かた》と浅井長政《あざいながまさ》との間《あいだ》にできた三人《さんにん》の娘《むすめ》とお市《いち》の方《かた》と一緒《いっしょ》に天守《てんしゅ》に上《あ》がりました。サンボーラーはお市《いち》の方《かた》に、

「ぜひ、私《わたし》の後《うし》ろについて三人《さんにん》の娘《むすめ》と一緒《いっしょ》に逃《に》げてください。秀吉殿《ひでよしどの》も待《ま》っています」

と頼《たの》みましたが、お市《いち》の方《かた》は勝家《かついえ》とともに討《う》ち死《じ》にすると、かたくなに脱出《だっしゅつ》を拒《こば》みました。

三人《さんにん》の娘《むすめ》は秀吉方《ひでよしがた》に送《おく》ってくれということで、サンボーラーも納得《なっとく》しました。

勝家《かついえ》はこれが最後《さいご》だと覚悟《かくご》を決《き》めて、にぎやかに鐘《かね》や太鼓《たいこ》をたたいて唄《うた》を唄《うた》ったり、最後《さいご》の杯《さかずき》を酌《く》み交《か》わしての酒盛《さかも》りが開《ひら》かれました。

そして勝家《かついえ》、お市《いち》の方《かた》は切腹《せっぷく》して果《は》てたのです。

この様子《ようす》は、サンボーラーによって秀吉《ひでよし》に報告《ほうこく》されました。

秀吉《ひでよし》は、お市《いち》の方《かた》の死《し》を聞《き》いて嘆《なげ》きのあまり落涙《らくるい》したのです。

# 第八章《だいしょう》　大坂城築城《おおさかじょうちくじょう》と小牧長久手《こまきながくて》の戦《たたか》い（一五八二年《ねん》）

秀吉《ひでよし》は大坂《おおさか》に天守閣《てんしゅかく》を築《きず》きました。大《おお》きな石《いし》を播磨《はりま》と紀伊《きい》の国《くに》から運《はこ》んで石垣《いしがき》を築《きず》き何万人《なんまんにん》という人《ひと》を使《つか》い、すべての大名《だいみょう》にも築城《ちくじょう》の分担《ぶんたん》を言《い》いつけて、難攻《なんこう》不落《ふらく》の大坂城《おおさかじょう》をつくり始《はじ》めたのです。安土城《あづちじょう》よりもさらに大《おお》きな城《しろ》でした。金《きん》の瓦《かわら》で九層《きゅうそう》の輝《かがや》く天守閣《てんしゅかく》ができ、人々《ひとびと》は目《め》をみはりました。

サンボーラー以下《いか》七人《しちにん》の若武者《わかむしゃ》も工事《こうじ》を監督《かんとく》するためにそれぞれの分担《ぶんたん》を決《き》め、大名《だいみょう》の仕事《しごと》ぶりを監視《かんし》していました。材料《ざいりょう》の石材《せきざい》・木材《もくざい》など大《おお》きいものばかり、サンボーラーと七人《しちにん》の若武者《わかむしゃ》が走《はし》り回《まわ》って集《あつ》めたのです。

瓦《かわら》は金《きん》、城中《じょうちゅう》には金《きん》でつくった茶室《ちゃしつ》もあり、釜《かま》などもすべてが金《きん》ができていて、当時《とうじ》としてはおどろくべき豪華《ごうか》さでありました。

キリスト教《きょう》を広《ひろ》めるため、神父《しんぷ》の多《おお》くは大坂《おおさか》の近《ちか》くに住《す》み教会《きょうかい》を建《た》てました。

その中《なか》にはヨーロッパの時計《とけい》や油絵《あぶらえ》、ピアノ、オルガンなどの楽器《がっき》がありました。秀吉《ひでよし》は金《きん》のベッドをつくり、そこで寝《ね》ていたと言《い》われています。

一方《いっぽう》、織田信孝《おだのぶたか》が、信長《のぶなが》の跡《あと》を継《つ》ぐことができなかったために秀吉《ひでよし》を恨《うら》み、家康《いえやす》に「秀吉《ひでよし》を討《う》ってくれ」と泣《な》きつきました。

家康《いえやす》は、信孝《のぶたか》を助《たす》けて秀吉《ひでよし》に敵対《てきたい》するようになりました。

「成《な》り上《あ》がりの猿《さる》め。信長殿《のぶながどの》の恩《おん》を忘《わす》れよって」

とののしりました。

家康《いえやす》は秀吉《ひでよし》と戦《たたか》うことになりました。これが小牧長久手《こまきながくて》の合戦《かっせん》の始《はじ》まりです。家康《いえやす》ははじめから本気《ほんき》で戦《たたか》う気持《きも》ちはなかったようでした。

今《いま》や秀吉《ひでよし》に対抗《たいこう》する勢力《せいりょく》になった家康《いえやす》に対《たい》して、サンボーラーたちの忍術《にんじゅつ》・妖術《ようじゅつ》を使《つか》って家康《いえやす》の進出《しんしゅつ》を止《や》めるように信長《のぶなが》は秀吉《ひでよし》に命令《めいれい》したのです。

家康《いえやす》が天下《てんか》をとると、信長《のぶなが》は都合《つごう》が悪《わる》いのです。秀吉《ひでよし》とサンボーラーの天下《てんか》を絶対《ぜったい》に守《まも》らねばならないのです。

大坂城《おおさかじょう》の天守《てんしゅ》の最上階《さいじょうかい》に、八名《はちめい》の若武者《わかむしゃ》が秀吉《ひでよし》の命令《めいれい》によって集《あつ》められました。八名《はちめい》は車座《くるまざ》になってじっと秀吉《ひでよし》の言葉《ことば》を聞《き》いていました。秀吉《ひでよし》は、

「サンボーラーよ、お前《まえ》たちの団結《だんけつ》によって、それぞれが家康《いえやす》の陣地《じんち》に忍《しの》び込《こ》み、家康《いえやす》の部下《ぶか》の各武将《かくぶしょう》に忍術《にんじゅつ》・妖術《ようじゅつ》を使《つか》って攻撃《こうげき》を仕掛《しか》けて家康《いえやす》をやっつけろ」

という指令《しれい》を与《あた》えました。

秀吉《ひでよし》は小牧《こまき》の陣地《じんち》から密《ひそ》かに大坂城《おおさかじょう》に帰《かえ》り、大坂城《おおさかじょう》の最上階《さいじょうかい》の部屋《へや》で彼《かれ》らに命令《めいれい》を与《あた》えたのです。

「家康《いえやす》は狸《たぬき》オヤジといわれるだけあって、作戦《さくせん》はずるくて巧妙《こうみょう》であるのでよく注意《ちゅうい》しろ」

「五朗太《ごろうた》、六朗太《ろくろうた》は家康《いえやす》にくっついて情報《じょうほう》を取《と》れ。大将《たいしょう》の秀次《ひでつぐ》にも勝手《かって》な行動《こうどう》をさせてはならぬ」

この秀吉《ひでよし》の命令《めいれい》に従《したが》わずに、秀次《ひでつぐ》が功《こう》をあせって単独《たんどく》で家康《いえやす》の陣地《じんち》の攻撃《こうげき》を仕《し》掛《か》けたために、多《おお》くの部下《ぶか》を死《し》なせてしまい退却《たいきゃく》しました。

「このようなことは再《ふたた》びしてはならない。お前《まえ》たち八名《はちめい》は秀次《ひでつぐ》らの陣地《じんち》を手分《てわ》けして監視《かんし》をし、すべての動《うご》きを秀吉《ひでよし》に報告《ほうこく》をせよ」

と語気《ごき》を強《つよ》めて秀吉《ひでよし》は言《い》ったのです。

「勝手《かって》に行動《こうどう》する者《もの》は許《ゆる》さない。火縄銃《ひなわじゅう》ではなく、すでに信長《のぶなが》の発明《はつめい》した小《こ》型連発銃《がたれんぱつじゅう》を使《つか》え。これは火縄銃《ひなわじゅう》の数倍《すうばい》も速《はや》く撃《う》てる。単銃二連発火縄銃《たんじゅうにれんぱつひなわじゅう》は、全長《ぜんちょう》一三〇《ひゃくさんじゅっ》センチで二個《にこ》の火縄《ひなわ》を加《くわ》える銃《じゅう》で、火縄《ひなわ》のつけかえに手間《てま》がかからず、速《はや》く撃《う》てる。また、輪回式三連発火縄銃《りんかいしきさんれんぱつひなわじゅう》は三本《さんぼん》の銃身《じゅうしん》が回転《かいてん》するため速《はや》く撃《う》てるようになった。これを使《つか》うように早速《さっそく》、各武将《かくぶしょう》に配《くば》るようにする。直《ただ》ちに攻撃《こうげき》をしろ」

そして、秀吉《ひでよし》は信長《のぶなが》に報告《ほうこく》をして直《ただ》ちに本隊《ほんたい》にひき返《かえ》しました。

八名《はちめい》は車座《くるまざ》になり作戦《さくせん》を練《ね》りました。サンボーラーは、地図《ちず》を広《ひろ》げて敵軍《てきぐん》の配《はい》置《ち》の説明《せつめい》をしました。天守《てんしゅ》の窓《まど》から光《ひかり》が差《さ》し込《こ》んで神秘的《しんぴてき》な雰囲気《ふんいき》がかもし出《だ》されました。

八名《はちめい》は手《て》を合《あ》わせて祈《いの》りを捧《ささ》げました。そして、八名《はちめい》はそれぞれ呪文《じゅもん》をとなえました。すると、体《からだ》は透明《とうめい》になっていきました。

部屋《へや》に差《さ》し込《こ》んでいた太陽《たいよう》の光《ひかり》が雲《くも》によってさえぎられると、八名《はちめい》の姿《すがた》はもうろうとなり、魔術師《まじゅつし》が八名《はちめい》現《あらわ》れたのです。

閉《と》じていた眼球《がんきゅう》は、やがて殺気《さっき》をおびた残忍《ざんにん》な目《め》つきになっていきました。

サンボーラーが言《い》いました。

「さぁ、攻撃開始《こうげきかいし》だ」

空飛《そらと》ぶ円盤《えんばん》に乗《の》って小牧《こまき》の上空《じょうくう》をめざして、サンボーラーたちは飛《と》んでいたのです。そして、徳川方《とくがわがた》の上空《じょうくう》を飛《と》び回《まわ》り奇襲《きしゅう》をかけました。

家康方《いえやすがた》の火縄銃《ひなわじゅう》の鉄砲隊《てっぽうたい》に、水遁《すいとん》の術《じゅつ》を使《つか》って水《みず》を呼《よ》びこみました。そして、雨《あめ》を降《ふ》らしました。したがって鉄砲《てっぽう》が撃《う》てなくなってしまったのです。

秀吉軍《ひでよしぐん》の前線部隊《ぜんせんぶたい》が徳川《とくがわ》の本多《ほんだ》・坂井《さかい》・井伊《いい》らの軍《ぐん》に手分《てわ》けをして連発銃《れんぱつじゅう》を撃《う》ち込《こ》みました。

倒《たお》れる兵士《へいし》がどんどん増《ふ》えてゆき、徳川軍《とくがわぐん》は後退《こうたい》を始《はじ》めました。秀吉《ひでよし》の命令《めいれい》により、サンボーラーは家康《いえやす》の陣《じん》に忍《しの》び込《こ》みました。ニャ〜ニャ〜と猫《ねこ》の鳴《な》き声《ごえ》をまねながら家康《いえやす》の背後《はいご》に忍《しの》び寄《よ》りました。家康《いえやす》にはサンボーラーの姿《すがた》が見《み》えません。家康《いえやす》は言《い》いました。

「猫《ねこ》が入《はい》り込《こ》んでいるぞ。うるさい、追《お》い出《だ》せ」

「猫《ねこ》はおりません」

と側近《そっきん》が言《い》いました。サンボーラーは、

「家康殿《いえやすどの》、お上《かみ》の命令《めいれい》によって参《まい》りました。私《わたし》の言《い》うことを聞《き》いてください」

と家康《いえやす》に呼《よ》びかけました。

「誰《だれ》だ」

と家康《いえやす》は振《ふ》り返《かえ》り後《うし》ろを見《み》ましたが、誰《だれ》もいませんでした。

小姓《こしょう》が、

「殿《との》、いかがされましたか」

「いや、なんでもない。皆《みな》そちらのほうへ行《い》け。わしを一人《ひとり》にしてくれ」

と家康《いえやす》は言《い》ったのです。

家康一人《いえやすひとり》になったのを見《み》たサンボーラーは、姿《すがた》を現《あらわ》しました。家康《いえやす》に、

「火遁《かとん》の術《じゅつ》で火《ひ》の雨《あめ》を降《ふ》らして、陣地《じんち》もろとも軍勢《ぐんぜい》を焼《や》き殺《ころ》しますよ。お上《かみ》の命令《めいれい》です。家康殿《いえやすどの》よろしいですか。我々《われわれ》は空《そら》を飛《と》ぶ『光《ひかり》の鳥《とり》』という魔法《まほう》を使《つか》っています。これは新《あたら》しい魔術《まじゅつ》です。信長公《のぶながこう》の命令《めいれい》で西洋《せいよう》の魔女《まじょ》を見習《みなら》い、真田忍《さなだにん》者《じゃ》が長年《ながねん》の修行《しゅぎょう》で身《み》に付《つ》けた恐《おそ》るべき術《じゅつ》です。魔術《まじゅつ》をかけると銀《ぎん》の閃光《せんこう》が空中《くうちゅう》にひらめき、地上《ちじょう》の敵軍《てきぐん》を攻撃《こうげき》するのです。この魔法《まほう》の光線《こうせん》の照射《しょうしゃ》を受《う》けると、たちまち人間《にんげん》は焼《や》き殺《ころ》されて溶《と》けてしまうのですよ」

と脅《おど》しました。そして、

「お上《かみ》からの命令《めいれい》で和平《わへい》を急《いそ》げということを言《い》われております。今《いま》ならば私《わたし》の言《い》うとおりにすれば和平《わへい》は成功《せいこう》します。お上《かみ》は必《かなら》ず応《おう》じるでしょう。お上《かみ》との交渉《こうしょう》は私《わたし》に任《まか》せてください」

# 第八章　大坂城築城と小牧長久手の戦い（一五八二年）

と言《い》ったのです。

家康《いえやす》は恐怖《きょうふ》のため眼球《がんきゅう》が飛《と》び出《だ》しそうになり、一言《ひとこと》ものを言《い》えず頭《あたま》の中《なか》が混《こん》乱《らん》で真《ま》っ白《しろ》になりました。

それからサンボーラー以下《いか》八名《はちめい》の若武者《わかむしゃ》たちは、家康《いえやす》の武将《ぶしょう》の本多《ほんだ》・井伊《いい》・坂《さか》井《い》・榊原《さかきばら》・松平《まつだいら》などの陣地《じんち》で火遁《かとん》・水遁《すいとん》の術《じゅつ》を縦横《じゅうおう》に使《つか》い、上空《じょうくう》から攻撃《こうげき》を仕掛《しか》けました。

光《ひかり》の鳥《とり》も大活躍《だいかつやく》をして、徳川軍《とくがわぐん》の大勢《おおぜい》の兵士《へいし》たちを焼《や》き殺《ころ》したのです。いわゆる殺人光線《さつじんこうせん》です。

徳川《とくがわ》の陣地《じんち》には動揺《どうよう》が広《ひろ》がり、混乱《こんらん》とともに脱走兵《だっそうへい》も増《ふ》えてきました。小牧山《こまきさん》という名古屋《なごや》の北《きた》のほうに家康《いえやす》は陣地《じんち》を構《かま》え秀吉《ひでよし》と半年間戦《はんとしかんたたか》ったのですが、なかなか勝負《しょうぶ》がつかなかったのです。

一応秀吉方《いちおうひでよしがた》の作戦《さくせん》の失敗《しっぱい》もあり、家康《いえやす》のほうが有利《ゆうり》な状況《じょうきょう》になっていましたが、結局《けっきょく》は和睦《わぼく》をすることになりました。

家康《いえやす》は秀吉《ひでよし》を上《うえ》に立《た》て、家来《けらい》という格好《かっこう》になりました。

この小牧長久手《こまきながくて》の戦《たたか》いでも、八名《はちめい》の若武者《わかむしゃ》たちはそれぞれ役割《やくわり》をもらって家康《いえやす》の陣地《じんち》を上空《じょうくう》から偵察《ていさつ》、監視《かんし》をして攻撃《こうげき》しました。もちろんサンボーラーも信長《のぶなが》の命令《めいれい》を受《う》けてあらゆる魔術《まじゅつ》を使《つか》って秀吉《ひでよし》のために戦《たたか》ったのです。

そして、最後《さいご》は謀略《ぼうりゃく》というよりも家康《いえやす》の取《と》り巻《ま》き大名《だいみょう》らに働《はたら》きかけ、魔法《まほう》と脅《おど》しをかけて攻撃《こうげき》をやめさせ、家康《いえやす》に戦《たたか》いを中止《ちゅうし》するように真田幸村《さなだゆきむら》の命令《めいれい》によって工作《こうさく》を行《おこな》いました。

霧隠才蔵《きりがくれさいぞう》、猿飛佐助《さるとびさすけ》は家康《いえやす》と取《と》り巻《ま》き大名《だいみょう》に近《ちか》づき、守《まも》っている側近《そっきん》に無数《むすう》の針《はり》の矢《や》を口《くち》の中《なか》より吹《ふ》き付《つ》けると、顔中針《かおじゅうはり》が刺《さ》さりばたばた倒《たお》れていきました。

それを見《み》た武将《ぶしょう》たちは震《ふる》え上《あ》がったのです。

「早《はや》く降参《こうさん》しろ。家康《いえやす》にまいったと言《い》わせることだ」

家康《いえやす》は完全《かんぜん》に負《ま》けたのです。秀吉《ひでよし》はサンボーラーに、

「よくやった、でかした。もしも和平《わへい》に応《おう》じないときは、家康《いえやす》の首《くび》を取《と》っても

よい」

と命令《めいれい》しました。

夜《よる》に、家康《いえやす》の寝所《しんじょ》の付近《ふきん》数ヵ所《すうかしょ》に爆薬《ばくやく》が仕掛《しか》けられました。

これをサンボーラーから聞《き》いた家康《いえやす》は、青《あお》くなりました。

二日後《ふつかご》に、家康《いえやす》は正式《せいしき》に使者《ししゃ》を立《た》てて秀吉《ひでよし》に和睦《わぼく》を申《もう》し込《こ》み、小牧長久手《こまきながくて》の戦《たたか》いは秀吉《ひでよし》の思惑《おもわく》どおり和議《わぎ》が成立《せいりつ》して両軍《りょうぐん》は兵《へい》を引《ひ》き揚《あ》げました。

その結果《けっか》、秀吉《ひでよし》、家康《いえやす》との戦《たたか》いは勝《か》ち負《ま》けなしということになりました。

# 第《だい》九章《しょう》　四国《しこく》攻《ぜ》め・秀吉《ひでよし》関白《かんぱく》になる（一五八五年《ねん》）

それから秀吉《ひでよし》の弟《おとうと》の秀長《ひでなが》が紀州攻《きしゅうぜ》めを行《おこな》い大《おお》きな手柄《てがら》を立《た》て、秀長《ひでなが》は秀吉《ひでよし》の命《めい》令《れい》を受《う》けて泉州及《せんしゅうおよ》び紀州《きしゅう》の地《ち》を治《おさ》めました。

ついで秀長《ひでなが》は、四国《しこく》の長曾我部元親《ちょうそかべもとちか》を一万人余《いちまんにんあま》りの軍勢《ぐんぜい》をもって北《きた》は阿波《あわ》から土佐《とさ》の国《くに》まで攻《せ》めまくったので、元親《もとちか》は降伏《こうふく》したのです。

そのときもサンボーラーは元親《もとちか》に呪文《じゅもん》をかけ、魔術《まじゅつ》を使《つか》い脅《おど》しました。そして、敵《てき》の拠点《きょてん》からの展開《てんかい》と配置《はいち》などを調《しら》べたのです。

サンボーラーの若武者《わかむしゃ》たちの活躍《かつやく》により、円盤《えんばん》を使《つか》って元親《もとちか》の部下《ぶか》の武将《ぶしょう》を上《じょう》空《くう》より攻撃《こうげき》し、光《ひかり》の鳥《とり》を使《つか》って兵士《へいし》たちを焼《や》き殺《ころ》しました。たちまち元親《もとちか》は秀長《ひでなが》の軍門《ぐんもん》に下《くだ》ったのです。

秀吉《ひでよし》は、征夷大将軍《せいいたいしょうぐん》になるために朝廷《ちょうてい》に種々《しゅじゅ》の働《はたら》きかけをしましたが、うまくいかなかったのです。

やはり征夷大将軍《せいいたいしょうぐん》は、源氏《げんじ》の出身《しゅっしん》でなければいけなかったのです。朝廷《ちょうてい》よりなかなか許可《きょか》が下《お》りなかったのですが、朝廷《ちょうてい》は秀吉《ひでよし》に内大臣《ないだいじん》の位《くらい》を与《あた》えて順次官位《じゅんじかんい》を引《ひ》き上《あ》げ、ついに秀吉《ひでよし》が関白《かんぱく》になったというわけです。

征夷大将軍《せいいたいしょうぐん》よりも、関白《かんぱく》になることを勧《すす》めた公家《くげ》がいたのです。さらに多《おお》くの公家《くげ》が種々《しゅじゅ》の方法《ほうほう》を伝授《でんじゅ》したため、秀吉《ひでよし》はついに豊臣《とよとみ》という姓《せい》を頂《いただ》いて関白《かんぱく》・豊《とよ》臣秀吉《とみひでよし》となりました。

したがって、それから関白《かんぱく》というと秀吉《ひでよし》のことを言《い》うようになったわけです。大茶会《だいちゃかい》を催《もよお》したり派手《はで》な踊《おど》りを踊《おど》ったりなどをして人気《にんき》をとり、天下人《てんかびと》として秀《ひで》吉《よし》は出世《しゅっせ》街道《かいどう》を爆進《ばくしん》していったのです。

秀吉《ひでよし》は、西《にし》の四国《しこく》から中国《ちゅうごく》を次々《つぎつぎ》と平定《へいてい》していきました。

# 第《だい》十章《しょう》　九州征伐《きゅうしゅうせいばつ》（一五八七年《ねん》）

薩摩《さつま》の国《くに》の島津《しまづ》が抵抗《ていこう》してなかなか言《い》うことを聞《き》かなかったので、秀吉《ひでよし》は島津《しまづ》を攻《せ》めるため博多《はかた》の町《まち》を九州《きゅうしゅう》の拠点《きょてん》にしようと博多《はかた》の町《まち》に立《た》ち寄《よ》り視察《しさつ》をして、つづいて島津《しまづ》を攻《せ》めたのです。

島津《しまづ》攻撃《こうげき》の際《さい》に、サンボーラーのグループが光《ひかり》の鳥《とり》の魔法《まほう》で攻《せ》め立《た》てて、ついに島津《しまづ》を降参《こうさん》させました。あとに残《のこ》っているのは、奥州《おうしゅう》と関東《かんとう》の小田原《おだわら》の北条《ほうじょう》親子《おやこ》ということになりました。

秀吉《ひでよし》は、ほとんど日本全国《にほんぜんこく》を平定《へいてい》したのです。

その間《あいだ》、南蛮寺《なんばんじ》という名前《なまえ》のもとに教会《きょうかい》がどんどん増《ふ》えていきました。大名《だいみょう》の中《なか》には、カトリックの信者《しんじゃ》になるものも出《で》てきました。小西行長《こにしゆきなが》、高山右近《たかやまうこん》らです。そして神社《じんじゃ》やお寺《てら》を焼《や》き払《はら》って教会《きょうかい》を建《た》てるという大名《だいみょう》も現《あらわ》れたのです。秀吉《ひでよし》の取《と》り巻《ま》きから危《き》ぐの声《こえ》が上《あ》がりました。

「このまま放《ほお》っておくと日本中《にほんじゅう》がカトリック信者《しんじゃ》ばかりになり、仏教信者《ぶっきょうしんじゃ》はいなくなる」

「そうだそうだ」

という声《こえ》が満《み》ち溢《あふ》れてきたのです。

宣教師《せんきょうし》たちは大名《だいみょう》の主君《しゅくん》の命令《めいれい》に背《そむ》いても、キリシタンの神《かみ》の教《おし》えには従《したが》わなければならないと教《おし》えたのです。

秀吉《ひでよし》の側近《そっきん》は、キリシタン大名《だいみょう》や信者《しんじゃ》たちが秀吉《ひでよし》に一向一揆《いっこういっき》のときのように刃《は》向《む》かってくるようなことがあるかもしれないとさかんに吹《ふ》き込《こ》んだのです。九州《きゅうしゅう》の大名《だいみょう》たちも領民《りょうみん》の百姓《ひゃくしょう》に信者《しんじゃ》が増《ふ》えてきたのを心配《しんぱい》しました。

特《とく》に高山右近《たかやまうこん》が信者《しんじゃ》の葬式《そうしき》を大徳寺《だいとくじ》で催《もよお》したとき、自分《じぶん》はキリシタンの教《おし》えを守《まも》っているので仏教《ぶっきょう》の慣《なら》わしに従《したが》うことはできないと言《い》って出《で》なかったのを、秀《ひで》吉《よし》は内心怒《ないしんおこ》っていたのです。

やはり放《ほお》っておくとこれは大変《たいへん》なことになる。キリシタンの神《かみ》が心《こころ》の中《なか》に入《はい》り込《こ》んでいるのをやめさせることはなかなか難《むずか》しいと、秀吉《ひでよし》はだんだんと悟《さと》ってきたのです。

キリシタン大名《だいみょう》の大友宗麟《おおともそうりん》が死《し》んだので、秀吉《ひでよし》はこれを口実《こうじつ》にキリシタンの教《おし》えを禁《きん》じました。背後《はいご》にいる信長《のぶなが》はこれには沈黙《ちんもく》を守《まも》っていました。

サンボーラーの近習《きんじゅう》たちもキリシタンの魔術《まじゅつ》や進《すす》んだ科学力《かがくりょく》を習《なら》って知《し》っていたので、表立《おもてだ》って秀吉《ひでよし》には彼《かれ》らの悪口《わるぐち》を言《い》っていなかったのです。

サンボーラーは信長《のぶなが》の孫《まご》なので信長《のぶなが》に直談判《じかだんぱん》をしたのですが、信長《のぶなが》は沈黙《ちんもく》を守《まも》るだけでした。

サンボーラーは厳《きび》しい鍛錬《たんれん》のためか、労咳《ろうがい》（結核《けっかく》のこと）を病《や》んでいたのです。喀血《かっけつ》もたびたびあり、二十五《にじゅうご》歳《さい》の秋頃《あきごろ》から体力《たいりょく》が急速《きゅうそく》におとろえて病床《びょうしょう》に伏《ふ》すようになりました。

信長《のぶなが》は心配《しんぱい》して宣教師《せんきょうし》フロイスを呼《よ》び、オランダより第一級《だいいっきゅう》の医師《いし》が高級薬《こうきゅうやく》を持《も》って日本《にほん》に来《き》て、全力《ぜんりょく》をあげて治療《ちりょう》にあたってくれるよう頼《たの》んだのです。三ヵ月後《さんかげつご》、やっと名医《めいい》が日本《にほん》にやってきました。

当時《とうじ》としては最高《さいこう》の治療《ちりょう》を行《おこな》いましたが、おもわしくありませんでした。三法師《さんぼうし》は二十六歳《にじゅうろくさい》で死《し》んだことになっていますが、実《じつ》は肺《はい》の入《い》れ替《か》え手術《しゅじゅつ》を行《おこな》ったのです。現在《げんざい》の臓器移植《ぞうきいしょく》です。

難《むずか》しい手術《しゅじゅつ》を超能力《ちょうのうりょく》と魔力《まりょく》を使《つか》って成功《せいこう》させたのです。おどろくべきことでした。生《う》まれかわったサンボーラーの頭脳《ずのう》と体力《たいりょく》は、それから七十年《しちじゅうねん》の長《なが》きにわたり生《い》きつづけたのです。子孫《しそん》も、徳川時代《とくがわじだい》もつづいたのです。信長《のぶなが》の超能力《ちょうのうりょく》の血統《けっとう》は豊臣家《とよとみけ》まで秀頼《ひでより》にも受《う》けつがれました。サンボーラーは秀頼《ひでより》の弟《おとうと》として徳川家《とくがわけ》の子孫《しそん》との間《あいだ》に果《は》てしなき戦《たたか》いをつづけました。それは後日《ごじつ》のこととして、天下《てんか》を手中《しゅちゅう》にした秀吉《ひでよし》は、キリシタン弾圧《だんあつ》を始《はじ》めました。

キリシタンの教《おし》えを守《まも》っている信者《しんじゃ》や宣教師《せんきょうし》に、なぜ日本《にほん》の神社《じんじゃ》やお寺《てら》を壊《こわ》すのか、という怒《いか》りの質問状《しつもんじょう》を秀吉《ひでよし》は出《だ》したのです。

しかし、なかなか返事《へんじ》がなかったので秀吉《ひでよし》は待《ま》ちきれずに腹《はら》を立《た》て、「宣教師《せんきょうし》、信者《しんじゃ》はすぐに日本《にほん》より出《で》ていけ」という命令《めいれい》を出《だ》したのです。

当時《とうじ》信者《しんじゃ》は十五万人《じゅうごまんにん》を超《こ》えるくらいに増《ふ》えていましたが、秀吉《ひでよし》の命令《めいれい》により教《きょう》会《かい》は取《と》り壊《こわ》されました。十字架《じゅうじか》もみんな外《はず》されて燃《も》やされてしまったのです。

「関白《かんぱく》は怒《おこ》りっぽい人《ひと》だから」

宣教師《せんきょうし》たちは皆《みな》で相談《そうだん》したあげく、

「もう一度《いちど》、関白様《かんぱくさま》にお願《ねが》いしよう」

ということになり、秀吉《ひでよし》に嘆願《たんがん》をしました。それから目立《めだ》たないような方法《ほうほう》で彼《かれ》らはカトリックの布教《ふきょう》をすることになりました。

ただ貿易《ぼうえき》をするためには、長崎《ながさき》でやるのがいいと考《かんが》えたのです。貿易《ぼうえき》が非常《ひじょう》に大《おお》きな利益《りえき》を生《う》むことを秀吉《ひでよし》は知《し》っていたので、取引《とりひ》きをするために長崎《ながさき》に出島《でじま》をつくり、商人《しょうにん》たちをそこに住《す》まわせてポルトガル人《じん》と取引《とりひ》きを行《おこな》うようになりました。

# 第十一章《だいしょう》　真田一族《さなだいちぞく》と小田原攻《おだわらぜ》め

真田《さなだ》一族《いちぞく》の有名《ゆうめい》な旗《はた》は、六文銭《ろくもんせん》です。武田信玄《たけだしんげん》が六文銭《ろくもんせん》の旗印《はたじるし》にしろということで、武田《たけだ》の武将《ぶしょう》であった真田家《さなだけ》は六文銭《ろくもんせん》を旗印《はたじるし》にしました。

この六文銭《ろくもんせん》は六連銭《ろくれんせん》とも言《い》います。死《し》んだ人《ひと》を葬《ほうむ》るときに、お棺《かん》の中《なか》に入《い》れる六文銭《ろくもんせん》のことです。あの世《よ》に行《い》くのには三途《さんず》の川《かわ》を渡《わた》らなければいけないと言《い》われていますが、渡《わた》るためのお金《かね》が六文《ろくもん》だと言《い》われていました。つまり仏教《ぶっきょう》で言《い》う不惜身命《ふしゃくしんみょう》のことで、仏《ほとけ》のためには命《いのち》を捧《ささ》げても惜《お》しくないということを意味《いみ》しています。この六文銭《ろくもんせん》の旗印《はたじるし》を見《み》ただけでも、真田《さなだ》の勇猛軍《ゆうもうぐん》だと言《い》って敵《てき》は恐《おそ》れていました。

真田《さなだ》の一族《いちぞく》は昔《むかし》から頭《あたま》が良《よ》くスパイ戦《せん》、謀略《ぼうりゃく》には非常《ひじょう》に優《すぐ》れていました。

昌幸《まさゆき》には子供《こども》が二人《ふたり》いました。信幸《のぶゆき》と幸村《ゆきむら》は一《ひと》つ違《ちが》いでした。結局真田家《けっきょくさなだけ》を守《まも》るために家康《いえやす》の側近《そっきん》の本多《ほんだ》の娘《むすめ》をもらった兄《あに》の信幸《のぶゆき》は徳川方《とくがわがた》に付《つ》きました。幸村《ゆきむら》は豊臣方《とよとみがた》に付《つ》いて秀吉《ひでよし》にずいぶんと可愛《かわい》がられました。結局《けっきょく》、上田城《うえだじょう》では関ヶ原《せきがはら》に向《む》かう徳川秀忠《とくがわひでただ》の三万《さんまん》の大軍《たいぐん》を散々《さんざん》に打《う》ち破《やぶ》りました。真田軍団《さなだぐんだん》は鎧兜《よろいかぶと》や旗《はた》まで赤一色《あかいっしょく》の集団《しゅうだん》で、その後《ご》も家康《いえやす》をたびたび苦《くる》しめたのです。

小田原《おだわら》攻《ぜ》めの場合《ばあい》、真田《さなだ》の一族《いちぞく》の代表《だいひょう》として秀吉《ひでよし》の側近《そっきん》になっていた幸村《ゆきむら》の情《じょう》報《ほう》がたいへん有効《ゆうこう》に働《はたら》いたのです。

幸村《ゆきむら》の家来《けらい》の甲賀《こうが》、伊賀《いが》の忍者《にんじゃ》の三好清海《みよしせいかい》入道《にゅうどう》兄弟《きょうだい》、霧隠才蔵《きりがくれさいぞう》、猿飛佐助《さるとびさすけ》たち真田幸村《さなだゆきむら》の十勇士《じゅうゆうし》の忍者使《にんじゃつか》いが縦横《じゅうおう》に活躍《かつやく》したのです。伊賀《いが》の忍者使《にんじゃつか》いは空《そら》を飛《と》ぶのではなく、瞬間的《しゅんかんてき》に一〇〇キロ以上離《いじょうはな》れた別《べつ》の場所《ばしょ》に移動《いどう》できる魔術《まじゅつ》を持《も》っていました。

さらに変身《へんしん》の術《じゅつ》も持《も》っていました。

動物《どうぶつ》そっくりの鳴《な》き声《ごえ》をして犬《いぬ》になったり、猫《ねこ》になったりすることができたのです。

透明人間《とうめいにんげん》になり、敵方《てきがた》の城中《じょうちゅう》や陣営《じんえい》に潜《もぐ》り込《こ》んでは情報《じょうほう》を取《と》り味方《みかた》に提供《ていきょう》する離《はな》れ業《わざ》もできました。敵《てき》の兵力《へいりょく》の配備《はいび》、武器《ぶき》の数《かず》などを偵察《ていさつ》して情報《じょうほう》を摑《つか》むのが非常《ひじょう》に得意《とくい》で早《はや》かったのです。

超人的《ちょうじんてき》な走《はし》る、飛《と》ぶ、投《な》げる、触《ふ》れる、見《み》る、聴《き》く、嗅《か》ぐという能力《のうりょく》を百人《ひゃくにん》に一人《ひとり》の特別《とくべつ》な力《ちから》で、忍者《にんじゃ》は身《み》につけています。隠形《おんぎょう》の術《じゅつ》といって自分《じぶん》の身《み》を守《まも》るため、念力《ねんりき》を集中《しゅうちゅう》しつつ合掌《がっしょう》して金剛輪《こんごうりん》の印《いん》を結《むす》び七回念仏《ななかいねんぶつ》をとなえて、「えい、やっ」と叫《さけ》ぶと、あっと言《い》う間《ま》に人《ひと》の前《まえ》から姿《すがた》を消《け》すことができるのです。

上空《じょうくう》より人《ひと》の目《め》に触《ふ》れず敵《てき》に刀《かたな》が振《ふ》り落《お》とされると、敵《てき》の首《くび》は飛《と》ぶのです。呪文《じゅもん》とともに、見《み》えざる紐《ひも》が首《くび》に絡《から》み付《つ》いて絞《し》め殺《ころ》す魔術《まじゅつ》をも持《も》っているのです。

しかも忍者《にんじゃ》は、魔女的《まじょてき》な影《かげ》の部下《ぶか》を二人《ふたり》ずつ持《も》っていました。彼女《かのじょ》たちは透明《とうめい》人間《にんげん》なので姿《すがた》を敵《てき》に見《み》られることはなく、敵《てき》の陣中《じんちゅう》に悠々《ゆうゆう》と忍《しの》び込《こ》み狙《ねら》いをつけた情報《じょうほう》などを盗《ぬす》み、また殺《ころ》し屋《や》にもなりました。

真田《さなだ》の忍者《にんじゃ》たちはこの魔女《まじょ》を上手《じょうず》に使《つか》っていました。三好清海入道《みよしせいかいにゅうどう》は岩国《いわくに》の亀田《かめだ》の領主《りょうしゅ》で石田三成《いしだみつなり》と親戚関係《しんせきかんけい》にあった真田親子《さなだおやこ》が三成《みつなり》に味方《みかた》したことから清海入道《せいかいにゅうどう》も三成方《みつなりがた》として、後《のち》の関ヶ原《せきがはら》で獅子奮迅《ししふんじん》の戦《たたか》いをしました。

弟《おとうと》は伊佐入道《いさにゅうどう》といって兄《あに》に劣《おと》らぬ強力無双《ごうりきむそう》の忍者《にんじゃ》です。

「よし、幸村《ゆきむら》のために一《ひと》つがんばって一人《ひとり》でも多《おお》くの徳川勢《とくがわぜい》をやっつけよう」

と二人《ふたり》は約束《やくそく》しました。

伊賀流《いがりゅう》は霧隠才蔵《きりがくれさいぞう》、猿飛佐助《さるとびさすけ》は甲賀流《こうがりゅう》です。猿飛《さるとび》は戸澤白雲斎《とざわはくうんさい》の弟子《でし》として免《めん》許皆伝《きょかいでん》をもらったと言《い》われています。

そして、南禅寺《なんぜんじ》の西門《にしもん》で石川五右衛門《いしかわごえもん》と忍術比《にんじゅつくら》べをしたという話《はなし》も伝《つた》わっています。霧隠才蔵《きりがくれさいぞう》は雲隠鹿衛門《くもがくれしかえもん》とも言《い》われ、伊賀流《いがりゅう》の忍者《にんじゃ》であって百地三太夫《ももちさんだゆう》に仕《つか》えたのです。

真田《さなだ》の忍者《にんじゃ》は、はじき玉《だま》といって二十文目《にじゅうもんめ》の飴玉《あめだま》でこれをぶつけて敵《てき》を倒《たお》すのです。また、あられという直径一寸五分《ちょっけいいっすんごぶ》（約四・五《やくよんてんご》センチ）で四《よっ》つ〜六《むっ》つの角《つの》がある鉄製《てつせい》のもので、これを敵《てき》に投《な》げて倒《たお》すのです。

目潰《めつぶ》しは唐辛子《とうがらし》と砂《すな》を混《ま》ぜたものを銅製《どうせい》の容器《ようき》に入《い》れて、四《よん》メートルの距離《きょり》で吹《ふ》き付《つ》けると一《いち》メートルの円形《えんけい》に広《ひろ》がり確実《かくじつ》に敵《てき》の目《め》に当《あ》たり、敵《てき》は目《め》が潰《つぶ》れて見《み》えなくなるのです。この武器《ぶき》を持《も》って攻撃《こうげき》しました。

北条方《ほうじょうがた》が真田《さなだ》の領地《りょうち》を黙《だま》って奪《うば》い取《と》ったことを、約束違反《やくそくいはん》だと言《い》って秀吉《ひでよし》はかんかんになり怒《おこ》りました。真田《さなだ》の後《うし》ろ盾《だて》として秀吉《ひでよし》は北条氏政《ほうじょううじまさ》、氏直《うじなお》の陣《じん》である小田原城《おだわらじょう》を攻《せ》めることになったのです。

秀吉《ひでよし》は二十万《にじゅうまん》の大軍《たいぐん》を率《ひき》いて小田原城《おだわらじょう》を取《と》り囲《かこ》みました。

このとき、幸村《ゆきむら》の部下《ぶか》の霧隠才蔵《きりがくれさいぞう》、三好清海《みよしせいかい》入道《にゅうどう》が小田原城《おだわらじょう》の向《む》かいの石垣山《いしがきやま》に密《ひそ》かに城《しろ》をつくりました。幸村《ゆきむら》の命《めい》を受《う》けた三好清海《みよしせいかい》入道《にゅうどう》と穴山《あなやま》、猿飛佐助《さるとびさすけ》が向《む》かいの丘《おか》の樹木《じゅもく》を密《ひそ》かに切《き》り払《はら》って本格的《ほんかくてき》な城《しろ》を築城《ちくじょう》しました。樹木《じゅもく》に覆《おお》われているので北条方《ほうじょうがた》からは見《み》えません。

城《しろ》の完成《かんせい》が近《ちか》くなったある日《ひ》、猿飛《さるとび》と三好《みよし》は忍術《にんじゅつ》を使《つか》い小田原城《おだわらじょう》に密《ひそ》かに入《はい》り込《こ》みました。

そして天守閣《てんしゅかく》の近《ちか》くで指揮《しき》をしていた北条氏政《ほうじょううじまさ》、氏直親子《うじなおおやこ》に後《うし》ろから飛《と》びかかり羽交《はが》い締《じ》めにしながら、

「お前《まえ》たちを殺《ころ》してもよい、とお上《うえ》より言《い》われている。早《はや》く降参《こうさん》しないと、この城《しろ》はあっと言《い》う間《ま》になくなるぞ。近《ちか》くに我々《われわれ》は城《しろ》をいくつもつくっているぞ。明日《あした》から総攻撃《そうこうげき》をかける」

と脅《おど》しました。

翌日《よくじつ》のことです。この三人《さんにん》の命令《めいれい》によって、密《ひそ》かにつくられた城《しろ》の前面《ぜんめん》の樹木《じゅもく》は全部一斉《ぜんぶいっせい》に取《と》り払《はら》われました。切《き》り倒《たお》されたあとには立派《りっぱ》な城《しろ》が見事《みごと》に現《あらわ》れたのです。

それを見《み》た城兵《じょうへい》たちは腰《こし》を抜《ぬ》かさんばかり驚《おどろ》いて、

「いったいこれはどうしたことか。逃《に》げよう」

「いや、これは夢《ゆめ》だ」

と騒《さわ》いでいるときに幸村方《ゆきむらがた》の連発銃《れんぱつじゅう》がドドンと火《ひ》を噴《ふ》いたのです。城兵《じょうへい》たちは大混乱《だいこんらん》に陥《おちい》り、ただ右往左往《うおうさおう》するばかりでした。

北条親子《ほうじょうおやこ》はおどろいて、

「こんな立派《りっぱ》な城《しろ》が密《ひそ》かにつくられていたとは知《し》らなかった。負《ま》けた、もう戦《たたか》えない」

と戦意《せんい》を喪失《そうしつ》しました。

再《ふた》び三好清海《みよしせいかい》と猿飛《さるとび》が、魔女《まじょ》たちを連《つ》れて北条方《ほうじょうがた》のいる城《しろ》に飛《と》んで行《い》きました。

「降参《こうさん》しなければ爆薬《ばくやく》を仕掛《しか》けこの天守《てんしゅ》を木《こ》っ端《ぱ》みじんにするぞ。上様《うえさま》も怒《おこ》っておられる。早《はや》く降参《こうさん》しろ」

と再《ふた》び脅《おど》したのです。

取《と》り巻《ま》きの兵士《へいし》たち十数人《じゅうすうにん》を、魔女《まじょ》たちは棒《ぼう》で殴《なぐ》り回《まわ》ったのです。

姿《すがた》が見《み》えないので、兵士《へいし》たちはただあわてふためいていました。

北条親子《ほうじょうおやこ》はついに、

「秀吉様《ひでよしさま》に伝《つた》えてくれ。負《ま》けました。城《しろ》は明《あ》け渡《わた》します」

と言《い》ったのです。この情報《じょうほう》をもってサンボーラーは秀吉《ひでよし》に伝《つた》えるべく、秀吉《ひでよし》のもとに急《いそ》いで帰《かえ》り報告《ほうこく》したのです。

このようにして、小田原城《おだわらじょう》は真田《さなだ》の忍者《にんじゃ》の働《はたら》きによって落城《らくじょう》しました。秀吉《ひでよし》は伊達正宗《だてまさむね》を次《つぎ》に滅《ほろ》ぼそうと思《おも》っていました。これが正宗《まさむね》に伝《つた》わったので、正宗《まさむね》は「もう駄目《だめ》だ。降伏《こうふく》しよう」と思《おも》い、秀吉《ひでよし》に「降参致《こうさんいた》します」と言《い》って出《で》てきたのです。

正宗《まさむね》に対《たい》して、秀吉《ひでよし》は何回《なんかい》も「出《で》てこい、降参《こうさん》しろ」と言《い》っても聞《き》かなかったのですが、北条《ほうじょう》が敗《やぶ》れたら「次《つぎ》は自分《じぶん》だ」と悟《さと》り、急《いそ》いで仙台《せんだい》から出《で》てきたのです。

秀吉《ひでよし》は遅《おそ》いと言《い》ってひどく怒《おこ》っていました。これは小田原城《おだわらじょう》が落《お》ちる前《まえ》、二十《にじゅう》万《まん》の大軍《たいぐん》に小田原城《おだわらじょう》が包囲《ほうい》されていたときの出来事《できごと》です。

しかし、正宗《まさむね》が死《し》を覚悟《かくご》で何度《なんど》も頭《あたま》を下《さ》げてきたので、秀吉《ひでよし》は「では仕方《しかた》がない」ということで、会《あ》うことを許《ゆる》しました。

秀吉《ひでよし》の本陣《ほんじん》についた正宗《まさむね》を呼《よ》び、

「俺《おれ》についてこい、北条《ほうじょう》の陣地《じんち》を見《み》せてやる」

と秀吉《ひでよし》は言《い》って、二人《ふたり》で山《やま》に上《のぼ》りました。

秀吉《ひでよし》の刀《かたな》を正宗《まさむね》に持《も》たせたのです。

正宗《まさむね》が、もし持《も》たされた刀《かたな》を抜《ぬ》いて秀吉《ひでよし》を斬《き》ろうとすればできたのですが、正《まさ》宗《むね》はかえって怖《こわ》くなり恐《おそ》る恐《おそ》る秀吉《ひでよし》についていきました。

秀吉《ひでよし》は得意《とくい》になって正宗《まさむね》に城《しろ》の攻《せ》め方《かた》を話《はな》しました。二人《ふたり》は並《なら》んで小便《しょうべん》をしました。これは小田原《おだわら》の連《つ》れしょんべんと後世《こうせい》で言《い》われています。

結局《けっきょく》、北条氏《ほうじょうし》はこれで滅《ほろ》びたのです。

今《いま》まで北条氏《ほうじょうし》が治《おさ》めてきた関東《かんとう》の国々《くにぐに》は徳川家康《とくがわいえやす》が治《おさ》めることになりました。

秀吉《ひでよし》の気前《きまえ》がよかったのでしょう。

家康《いえやす》は、これを根城《ねじろ》にして勢力《せいりょく》を伸《の》ばしていったのです。

秀吉《ひでよし》が山崎《やまざき》の合戦《かっせん》から八年《はちねん》、ようやく日本《にほん》を平定《へいてい》し得意《とくい》の絶頂《ぜっちょう》にあった頃《ころ》のことです。

# 第《だい》十二章《しょう》　太閤検地《たいこうけんち》

秀吉《ひでよし》はこのようにして日本国中《にほんこくじゅう》を平定《へいてい》しました。

その間《あいだ》、信長《のぶなが》は自信《じしん》をもってあわてず、秀吉《ひでよし》、ねねに天下布武《てんかふぶ》の細《こま》かい方法《ほうほう》を指示《しじ》していました。

サンボーラーたちも秀吉《ひでよし》の天下統一《てんかとういつ》の手助《てだす》けをしました。

特《とく》に真田一族《さなだいちぞく》の情報合戦《じょうほうがっせん》は、群《ぐん》を抜《ぬ》いていました。

真田《さなだ》は頭《あたま》が良《よ》いのでいろいろな情報《じょうほう》をまとめて、それを秀吉《ひでよし》、信長《のぶなが》に報告《ほうこく》していました。

百姓《ひゃくしょう》の持《も》っている土地《とち》の台帳《だいちょう》をつくるのにサンボーラーと近習《きんじゅう》たちが走《はし》り回《まわ》り、年貢取《ねんぐと》り立《た》てをする基礎《きそ》の台帳《だいちょう》をつくらせました。

これが一《ひと》つの目安《めやす》になり、太閤検地《たいこうけんち》と呼《よ》ばれています。

そして百姓《ひゃくしょう》から刀《かたな》や鉄砲《てっぽう》を取《と》り上《あ》げたのです。

そして「百姓《ひゃくしょう》は田《た》を耕《たがや》すだけである。刀《かたな》を持《も》って戦《たたか》うようなことはさせない」

と言《い》い、自分《じぶん》は百姓出身《ひゃくしょうしゅっしん》であるのに身分《みぶん》をはっきりさせたのです。

秀吉《ひでよし》は子供《こども》がいなかったので、身内《みうち》を固《かた》めることに力《ちから》を入《い》れず、朝鮮攻略《ちょうせんこうりゃく》のことばかり考《かんが》えていました。

「九州《きゅうしゅう》の名護屋《なごや》を太閤《たいこう》の本陣《ほんじん》にする。十数万《じゅうすうまん》の大軍《たいぐん》を朝鮮《ちょうせん》に送《おく》る」

と言《い》い出《だ》したのです。

「せっかく穏《おだ》やかで平和《へいわ》になったのに、また戦争《せんそう》が始《はじ》まるのか。困《こま》ったことだ。太閤《たいこう》はおかしい」

というようなことを、人々《ひとびと》は噂《うわさ》していました。

戦《いくさ》が始《はじ》まれば仕事《しごと》は増《ふ》えるが、年貢《ねんぐ》などがかかってくるので百姓《ひゃくしょう》は不安《ふあん》に思《おも》っていました。商人《しょうにん》は武器《ぶき》を売《う》って金儲《かねもう》けができるが、百姓《ひゃくしょう》は身動《みうご》きがとれなくなると心配《しんぱい》をしていました。

この戦《いくさ》は、秀吉《ひでよし》一人《ひとり》の考《かんが》えを石田三成《いしだみつなり》があおったように言《い》われています。日本中《にほんじゅう》が平和《へいわ》になったので与《あた》える土地《とち》もない。それでは朝鮮《ちょうせん》か唐《とう》の国《くに》の領土《りょうど》を取《と》ろうとでも考《かんが》えたのでしょうか。

# 第《だい》十三章《しょう》　朝鮮《ちょうせん》との戦争《せんそう》

サンボーラーは突然《とつぜん》、秀吉《ひでよし》の母《はは》である大政所《おおまんどころ》とねね様《さま》に呼《よ》び出《だ》されました。

「サンボーラー、太閤様《たいこうさま》は日本《にほん》に攻《せ》めるところがなくなったので、朝鮮《ちょうせん》を攻《せ》めるのだとときどき言《い》っています。私《わたし》はこれが非常《ひじょう》に不安《ふあん》なのです。大反対《だいはんたい》です。サンボーラーはどのような意見《いけん》ですか？」

「はい、私《わたし》もそう思《おも》います。成功《せいこう》するしないは別《べつ》として、今《いま》は国《くに》の中《なか》の政治《せいじ》をしっかりやらなければならないときだと思《おも》います」

とサンボーラーは言《い》いました。

「やはりそうか」

「太閤様《たいこうさま》はなぜそのようなことを言《い》われるのですか？」

「すでに大名《だいみょう》に船《ふね》をつくれとか、食糧《しょくりょう》や馬《うま》などを朝鮮《ちょうせん》に送《おく》るために九州《きゅうしゅう》に基地《きち》をつくってそこに送《おく》っているという話《はなし》が出《で》ているが、これはどうしてもやめなくてはいけないと思《おも》います。サンボーラーはどう思《おも》いますか？」

「やはり私《わたし》も絶対《ぜったい》に反対《はんたい》です。これは信長様《のぶながさま》も反対《はんたい》だと思《おも》いますし、九州《きゅうしゅう》に本陣《ほんじん》を移《うつ》して、そこから朝鮮《ちょうせん》を攻《せ》めるとすれば大坂《おおさか》が手薄《てうす》になります。太閤《たいこう》に反対《はんたい》する大名《だいみょう》がどう出《で》るか私《わたし》は心配《しんぱい》です。まず日本《にほん》の国《くに》の政治《せいじ》は民衆《みんしゅう》のためになることをしなければいけません」

と激《はげ》しくサンボーラーは訴《うった》えました。

「十数万《じゅうすうまん》の大軍《たいぐん》を送《おく》らねばならぬと、ときどき太閤様《たいこうさま》は言《い》っておられます」

とねねが言《い》いました。

「それは大変《たいへん》です。困《こま》ったことになりましたた」

とサンボーラーが言《い》いました。

「これは絶対《ぜったい》にやめなければいけません。一《ひと》つお前《まえ》の力《ちから》で太閤《たいこう》によく言《い》っておくれ。私《わたし》も全力《ぜんりょく》をあげます。もし、このようなことをやれば日本《にほん》の百姓《ひゃくしょう》が非常《ひじょう》に困《こま》るし、年貢《ねんぐ》も上《あ》がるでしょう。大名《だいみょう》はいいですが、商人《しょうにん》も武器《ぶき》などを売《う》りつけて大儲《おおもう》けができるでしょうが、やはりこれはやめなければいけません」

とねねが言《い》いました。

サンボーラーは自分《じぶん》の力《ちから》ではやめさせることはできない、信長様《のぶながさま》の力《ちから》を借《か》りなければと思《おも》いました。

しかし、文禄元年《ぶんろくがんねん》（一五五二）に太閤《たいこう》があらゆることを無視《むし》して朝鮮《ちょうせん》を攻《せ》めろという命令《めいれい》を出《だ》しました。

七百隻以上《ななひゃくせきいじょう》の船《ふね》で海《うみ》を渡《わた》り釜山《ぷさん》の港《みなと》へ迫《せま》っていき、第二《だいに》、第三《だいさん》の大部隊《だいぶたい》が朝鮮《ちょうせん》半島《はんとう》へ上陸《じょうりく》しました。はじめのうちは、日本軍《にほんぐん》も今《いま》まで国内《こくない》の戦《いくさ》に慣《な》れていたので勝《か》ちました。

朝鮮王《ちょうせんおう》も都《みやこ》を捨《す》てて逃《に》げ出《だ》したのです。秀吉《ひでよし》は朝鮮《ちょうせん》を攻《せ》めて次《つぎ》は明《みん》を攻《せ》め、そして次《つぎ》はインドまで攻《せ》めていこうと夢《ゆめ》のようなことを言《い》い始《はじ》めました。

ついに秀吉《ひでよし》が、「明《みん》の都《みやこ》を自分《じぶん》の力《ちから》で北京《ぺきん》に移《うつ》してやる」というようなことも言《い》い出《だ》したので、大政所《おおまんどころ》も本当《ほんとう》に困《こま》ってしまったのです。大政所《おおまんどころ》は関白《かんぱく》の母《はは》です。名護屋《なごや》の陣《じん》に秀吉《ひでよし》が出陣《しゅつじん》してから秀吉《ひでよし》のことを心配《しんぱい》して、秀吉《ひでよし》に対《たい》しては「戦争《せんそう》はもうやめなさい」と常《つね》に言《い》っていましたが、秀吉《ひでよし》はなかなか聞《き》かなかったのです。

秀吉《ひでよし》が「朝鮮《ちょうせん》に行《い》く」と言《い》ったときは、大政所《おおまんどころ》が「絶対《ぜったい》に行《い》くな」と強《つよ》く反対《はんたい》しました。

そのうち大政所《おおまんどころ》が病気《びょうき》になり、秀吉《ひでよし》はあわてて大坂《おおさか》に飛《と》んで帰《かえ》りました。しかし時《とき》すでに遅《おそ》く、母《はは》の死《し》に目《め》に会《あ》うことはできませんでした。

せっかく大切《たいせつ》にしていたわが子《こ》を失《うしな》い、また母《はは》と死《し》に別《わか》れた秀吉《ひでよし》の嘆《なげ》きは一通《ひととお》りではありませんでした。

しかし、大政所《おおまんどころ》が死《し》んだ翌年《よくとし》に、淀君《よどぎみ》に男《おとこ》の子《こ》が生《う》まれたのです。これが後《のち》の秀頼《ひでより》です。朝鮮《ちょうせん》の戦《たたか》いが長《なが》くなりました。

秀吉《ひでよし》は、また立派《りっぱ》な金《きん》のしゃちほこと金《きん》の茶室《ちゃしつ》を名護屋《なごや》に運《はこ》ばせて、お茶《ちゃ》を立《た》てたりしました。

名護屋《なごや》には七《なな》つの天守閣《てんしゅかく》がそびえ、百三十余《ひゃくさんじゅうあまり》にのぼる諸大名《しょだいみょう》の屋敷《やしき》が軒《のき》を連《つら》ねていました。

工事《こうじ》の普請《ふしん》がどんどんつづけられ、人《ひと》が蟻《あり》のように働《はたら》いていました。朝鮮《ちょうせん》との戦《たたか》いが長《なが》くなったので、名護屋《なごや》では秀吉《ひでよし》がいろいろな遊《あそ》びを考《かんが》えて大名衆《だいみょうしゅう》とたわむれたりして気《き》を紛《まぎ》らわせていました。

能《のう》、囃子《はやし》踊《おど》り、茶《ちゃ》の湯《ゆ》、連歌《れんが》、蹴鞠《けまり》、瓜《うり》などに仮装《かそう》した芝居《しばい》遊《あそ》びがさかんに行《おこな》われていました。

名護屋《なごや》の陣《じん》はこのようにのんびりとしていましたが、海《うみ》の向《む》こうでは日本《にほん》の武《ぶ》将《しょう》がだんだんと旗色《はたいろ》が悪《わる》くなり、ついにろう城《じょう》までするようになったのです。

朝鮮《ちょうせん》の人々《ひとびと》も、皆立《みなた》ち上《あ》がりました。そして反撃《はんげき》に転《てん》じたのです。

「無駄《むだ》な戦《いくさ》を長《なが》くするのはたまらない」

と言《い》って派遣軍《はけんぐん》は弱気《よわき》になっていました。

# 第十三章　朝鮮との戦争

小西行長《こにしゆきなが》は和睦《わぼく》の話《はなし》もしておりましたが、秀吉《ひでよし》は勝《か》っているという思《おも》いがあったので、和睦《わぼく》については朝鮮方《ちょうせんがた》に無茶《むちゃ》な条件《じょうけん》を持《も》ち出《だ》したりしました。「朝鮮半島《ちょうせんはんとう》の南部《なんぶ》を日本《にほん》に譲《ゆず》れ」などと言《い》うので、秀吉《ひでよし》のわがままを朝鮮方《ちょうせんがた》は聞《き》くわけにはいきません。明《みん》からは、秀吉《ひでよし》に「お前《まえ》を日本国王《にほんこくおう》にしてやる」という文章《ぶんしょう》が来《き》たので、秀吉《ひでよし》はかんかんになって怒《おこ》りました。

秀吉《ひでよし》は和睦《わぼく》の話《はなし》を元《もと》に戻《もど》して、また戦《たたか》いを始《はじ》めることになりました。秀吉《ひでよし》の軍《ぐん》勢《ぜい》は一時《いちじ》引《ひ》き揚《あ》げるはずでしたが、秀吉《ひでよし》が「引《ひ》き揚《あ》げるな。すぐに攻《せ》めよ」という命令《めいれい》を出《だ》したのです。

戦《たたか》いは日本軍《にほんぐん》にとって苦《くる》しいものとなりました。

秀吉《ひでよし》は、関白《かんぱく》を譲《ゆず》った秀次《ひでつぐ》に無理難題《むりなんだい》を突《つ》きつけました。

秀頼《ひでより》に秀吉《ひでよし》の跡《あと》を継《つ》がせようと考《かんが》えたのです。

そこで、秀次《ひでつぐ》が邪魔《じゃま》だというので、ついに切腹《せっぷく》を命《めい》じたのです。

秀次《ひでつぐ》を切腹《せっぷく》させることについて、サンボーラーは反対《はんたい》していました。

サンボーラーたちは秀次《ひでつぐ》を亡《な》き者《もの》にすると、秀吉《ひでよし》の力《ちから》が衰《おとろ》えたときに豊臣家《とよとみけ》の将来《しょうらい》は危《あぶ》ないと考《かんが》えたのです。

信長《のぶなが》も「そのようなことはしないほうがよい」、と言《い》っておりました。しかし、積極的《せっきょくてき》に忠告《ちゅうこく》をしなかったので、ついに秀次《ひでつぐ》は切腹《せっぷく》をさせられたのです。

# 第《だい》十四章《しょう》　慶長三年《けいちょうさんねん》　醍醐《だいご》の花見《はなみ》と秀吉《ひでよし》の死《し》

秀吉《ひでよし》は醍醐寺《だいごじ》でお花見《はなみ》を行《おこな》うと宣言《せんげん》しました。醍醐寺《だいごじ》は平安朝《へいあんちょう》の頃《ころ》からの立派《りっぱ》なお寺《てら》で、境内《けいだい》は上醍醐《かみだいご》、下醍醐《しもだいご》に分《わ》かれていて、堂塔《どうとう》や僧房《そうぼう》がたくさん建《た》っています。その中《なか》に立派《りっぱ》な庭園《ていえん》のある三宝院《さんぼういん》という大《おお》きなお寺《てら》もあります。五重塔《ごじゅうのとう》がそびえています。醍醐《だいご》には古《ふる》い寺《てら》が多《おお》く景色《けしき》もよく、花見《はなみ》には最高《さいこう》にいいところです。

秀吉《ひでよし》は秀頼《ひでより》をはじめ淀殿《よどどの》、秀吉《ひでよし》に仕《つか》える大勢《おおぜい》の人々《ひとびと》、大名《だいみょう》らを醍醐《だいご》に集《あつ》めました。醍醐《だいご》の三宝院《さんぼういん》で大勢《おおぜい》の人《ひと》が目《め》の覚《さ》めるような美《うつく》しい着物《きもの》を着《き》て花見《はなみ》をしました。

秀吉《ひでよし》も幼《おさな》い秀頼《ひでより》の手《て》を引《ひ》いて、得意《とくい》になって行列《ぎょうれつ》の先頭《せんとう》を歩《ある》きました。これが秀吉《ひでよし》の最後《さいご》の華《はな》やかな催《もよお》しになりました。

秀吉《ひでよし》はのどかな春《はる》の景色《けしき》に、うっとりと花見《はなみ》を楽《たの》しんでいました。ている武将《ぶしょう》のことなどすっかり忘《わす》れて、秀吉《ひでよし》はいい気《き》になっていました。

京《きょう》、大坂《おおさか》の商人《しょうにん》らも大勢《おおぜい》集《あつ》められました。ご馳走《ちそう》を食《た》べ、「秀吉《ひでよし》の命令《めいれい》だ」と言《い》って、酒《さけ》を飲《の》み大騒《おおさわ》ぎをしました。

醍醐《だいご》の花見《はなみ》は、派手《はで》好《ず》きな秀吉《ひでよし》の生涯《しょうがい》で一番華《いちばんはな》やかだと言《い》われています。秀吉の一生《いっしょう》で最後《さいご》の贅沢《ぜいたく》になりました。

すでに秀吉《ひでよし》は癌《がん》を患《わずら》っていたのです。そして六十三歳《ろくじゅうさんさい》の花見《はなみ》を最後《さいご》に痩《や》せ衰《おとろ》えて死《し》んだのです。

家康《いえやす》に頼《たの》んで、「秀頼《ひでより》が大《おお》きくなるまで頼《たの》みます」と前田利家《まえだとしいえ》、毛利輝元《もうりてるもと》ら五《ご》大老《たいろう》に血判書《けっぱんしょ》をつくらせました。

最後《さいご》に「つゆと落《お》ち、つゆときえゆく我《わ》が身《み》かな、浪速《なにわ》のことは夢《ゆめ》のまた夢《ゆめ》」という辞世《じせい》の句《く》をつくって秀吉《ひでよし》は亡《な》くなりました。

秀吉《ひでよし》が死《し》んだので、朝鮮《ちょうせん》との戦《いくさ》もようやく終《お》わりを告《つ》げるときがきました。疲《つか》れきった軍勢《ぐんぜい》はすべて引《ひ》き揚《あ》げ、日本《にほん》に帰《かえ》ってきました。なんのための戦《たたか》いだったのか、本当《ほんとう》にこの戦《たたか》いは意味《いみ》があったのかと将兵《しょうへい》たちは口々《くちぐち》に言《い》っていました。

# 第《だい》十五章《しょう》　大坂冬《おおさかふゆ》の陣《じん》・夏《なつ》の陣《じん》・大坂落城《おおさからくじょう》

一六〇〇年《せんろっぴゃくねん》に、石田三成《いしだみつなり》が挙兵《きょへい》しました。増長《ぞうちょう》する家康《いえやす》に対《たい》し、豊臣家《とよとみけ》への忠節《ちゅうせつ》のためにと戦《たたか》ったのですが、敗《やぶ》れてしまいました。真田昌幸《さなだまさゆき》、幸村《ゆきむら》は三成方《みつなりがた》に付《つ》いたため危《あぶ》なかったのですが、徳川方《とくがわがた》の兄《あに》の嘆願《たんがん》により命《いのち》だけは助《たす》かったのです。

昌幸《まさゆき》、幸村《ゆきむら》は紀州《きしゅう》の九度山《くどやま》に流《なが》されました。慶長十九年《けいちょうじゅうくねん》、大坂《おおさか》の陣《じん》が始《はじ》まる前《まえ》に幸村《ゆきむら》は真田十勇士《さなだじゅうゆうし》を従《したが》えて大坂城《おおさかじょう》に入《はい》ったのです。

九度山《くどやま》を出《で》るとき、いろいろと世話《せわ》になった土地《とち》の人《ひと》に感謝《かんしゃ》するということで酒肴《さけさかな》を振舞《ふるま》いました。全員《ぜんいん》が酔《よ》いつぶれたところを、一行《いっこう》は夜中《よなか》に密《ひそ》かに大坂城《おおさかじょう》に入《はい》ったのです。

幸村《ゆきむら》の作戦《さくせん》が、もし大坂冬《おおさかふゆ》の陣《じん》あるいは夏《なつ》の陣《じん》で採用《さいよう》されていれば、そう簡単《かんたん》に大坂城《おおさかじょう》は落城《らくじょう》しなかったと言《い》われています。

大坂《おおさか》の陣《じん》が始《はじ》まりました。

信長《のぶなが》が使《つか》った大砲連射銃《たいほうれんしゃじゅう》などで幸村《ゆきむら》は家康軍《いえやすぐん》を攻撃《こうげき》しましたが、弾丸《だんがん》が足《た》らなかったのです。

大坂夏《おおさかなつ》の陣《じん》で幸村《ゆきむら》は討《う》ち死《じ》にしたことになっていますが、これは影武者《かげむしゃ》の穴山《あなやま》小介《こすけ》でした。幸村《ゆきむら》が秀頼《ひでより》を守《まも》って薩摩《さつま》へ落《お》ち延《の》びていったのです。

幸村《ゆきむら》が討《う》ち死《じ》にしたということで首《くび》を取《と》られた者《もの》の首実検《くびじっけん》を幸村《ゆきむら》の伯父《おじ》が行《おこな》ったのですが、はっきり幸村《ゆきむら》と言《い》えませんでした。穴山小介《あなやまこすけ》は武田《たけだ》の重臣《じゅうしん》だった穴《あな》山家《やまけ》一族《いちぞく》の一人《ひとり》です。

真田幸村《さなだゆきむら》の影武者《かげむしゃ》と言《い》われ幸村《ゆきむら》とそっくりな体《からだ》つきをしていました。夏《なつ》の陣《じん》では幸村《ゆきむら》の身代《みが》わりとなり、「我《われ》こそは真田幸村《さなだゆきむら》だ」と言《い》って撃《う》たれたことになっていますが、生《い》きていたのです。

幸村《ゆきむら》には七人《しちにん》の影武者《かげむしゃ》がいました。

「幸村《ゆきむら》が戦死《せんし》した。首《くび》を持《も》ってこい」と首実検《くびじっけん》しても、皆幸村《みなゆきむら》ではなかったのです。

したがって幸村《ゆきむら》は生《い》きている、不死身《ふじみ》であるという説《せつ》が飛《と》び交《か》ったのです。

百合鎌之助《ゆりかまのすけ》、根津甚八《ねづじんぱち》らも真田幸村《さなだゆきむら》の影武者《かげむしゃ》です。筧十蔵《かけいじゅうぞう》、望月六郎《もちづきろくろう》、霧隠《きりがくれ》才蔵《さいぞう》、猿飛佐助《さるとびさすけ》らもあとで月《つき》の安土城《あづちじょう》に脱出《だっしゅつ》したのです。

徳川方《とくがわがた》が大砲《たいほう》でこれでもか、これでもかと天守閣《てんしゅかく》に打《う》ち込《こ》んで大坂城《おおさかじょう》を攻《せ》めてくるので淀君《よどぎみ》は恐《おそ》ろしくなりました。

降参《こうさん》は絶対《ぜったい》にできません。やはり脱出《だっしゅつ》しようと淀君《よどぎみ》は最後《さいご》の決心《けっしん》をしました。

千姫《せんひめ》の侍女《じじょ》の中《なか》で徳川方《とくがわがた》のスパイがいました。

この連中《れんちゅう》と千姫《せんひめ》を一緒《いっしょ》に城外《じょうがい》に先《さき》に脱出《だっしゅつ》させました。

それから、淀君《よどぎみ》は秀頼《ひでより》を守《まも》っている百五十人《ひゃくごじゅうにん》の荒武者《あらむしゃ》とともに脱出《だっしゅつ》したのです。

島津《しまづ》のほうから脱出《だっしゅつ》の手助《てだす》けの誘《さそ》いの手《て》がのびていたのです。

「最後《さいご》のときが来《き》た。干飯櫓《ほしいいやぐら》に行《い》って自害《じがい》する」
と淀君《よどぎみ》は大声《おおごえ》で叫《さけ》びました。紛《まぎ》れ込《こ》んだ徳川《とくがわ》のスパイを欺《あざむ》くためにわめいたのです。

百五十人《ひゃくごじゅうにん》の荒武者《あらむしゃ》、真田幸村《さなだゆきむら》、後藤又兵衛《ごとうまたべえ》、長曾我部元親《ちょうそかべもとちか》らの部下《ぶか》を十人《じゅうにん》ずつのグループに分《わ》け、干飯櫓《ほしいいやぐら》に行《い》くと見《み》せかけて天守閣《てんしゅかく》の横《よこ》から脱出口《だっしゅつぐち》に下《お》りました。そこは二十畳《にじゅうじょう》ほどの広間《ひろま》になっていました。

今《いま》で言《い》うエレベーターのような十人乗《じゅうにんの》りのゴンドラがありました。それが井戸《いど》のつるべのように滑車《かっしゃ》で頑丈《がんじょう》な綱《つな》で支《ささ》えられていました。それに乗《の》ると自然《しぜん》に約《やく》四〇《よんじゅう》メートルの城《しろ》の地下室《ちかしつ》まで下《お》りていくようにつくられていました。この装置《そうち》は信長《のぶなが》が安土築城《あづちちくじょう》のときに設計《せっけい》したのと同《おな》じものを秀吉《ひでよし》がつくったのです。

地下《ちか》には水路《すいろ》がありました。頑丈《がんじょう》な鉄《てつ》の枠《わく》に支《ささ》えられた堅固《けんご》なトンネルで天井《てんじょう》も広《ひろ》く、京阪口《けいはんぐち》から大坂湾《おおさかわん》に向《む》かって水路《すいろ》はつくられていました。その中《なか》に小型《こがた》船《せん》が十五艘《じゅうごそう》隠《かく》されていました。

落武者《おちむしゃ》たちは順番《じゅんばん》に小型船《こがたせん》に乗《の》り移《うつ》りました。

空《から》になったゴンドラは手巻《てま》きで元《もと》の天守閣《てんしゅかく》の位置《いち》に巻《ま》き上《あ》げられました。これを繰《く》り返《かえ》したのです。

このようにして落武者《おちむしゃ》たちは、次々《つぎつぎ》に十五艘《じゅうごそう》の小型船《こがたせん》に分乗《ぶんじょう》して水路《すいろ》を下《くだ》って大坂湾《おおさかわん》に出《で》たのです。

淀君《よどぎみ》、秀頼《ひでより》は側近《そっきん》の武士《ぶし》たちと真田《さなだ》の忍者《にんじゃ》、猿飛佐助《さるとびさすけ》、霧隠才蔵《きりがくれさいぞう》に守《まも》られていました。

「あの家康《いえやす》の狸《たぬき》オヤジめ。復讐《ふくしゅう》してやる」

「私《わたし》が間違《まちが》っていた。停戦協定《ていせんきょうてい》を結《むす》んだのがいけなかった」

と淀君《よどぎみ》。

「いや母上《ははうえ》、これはいた仕方《しかた》ありません。いくら悔《く》やんでも駄目《だめ》です。欺《あざむ》かれた我々《われわれ》が馬鹿《ばか》でした」

「太閤様《たいこうさま》がつくってくれた大坂城《おおさかじょう》は難航不落《なんこうふらく》だったのです。城《しろ》の堀《ほり》が埋《う》められなかったら二《に》、三年《さんねん》は充分《じゅうぶん》もちこたえられたはずです。食糧《しょくりょう》も兵士《へいし》も充分《じゅうぶん》にありました。それをうまく騙《だま》されて堀《ほり》を埋《う》められて手足《てあし》をもぎ取《と》られました。本当《ほんとう》に残念《ざんねん》です。馬鹿《ばか》なことをしました」

と淀君《よどぎみ》は悔《くや》し涙《なみだ》を流《なが》しました。

「いや母上《ははうえ》、もう済《す》んだことで仕方《しかた》ございません。それより早《はや》く水路《すいろ》を下《くだ》って島津《しまづ》の薩摩《さつま》まで落《お》ち延《の》びて再起《さいき》を図《はか》りましょう」

「わかりました。しかし、なんといっても家康《いえやす》に復讎《ふくしゅう》しなければ気《き》がすみません」

かたわらの幸村《ゆきむら》が、

「必《かなら》ず徳川《とくがわ》をやっつけます。しばらく辛抱《しんぼう》してください」

「淀君様《よどぎみさま》、後悔《こうかい》しても仕方《しかた》ありません。涙《なみだ》をお拭《ふ》きください」

と言《い》ったとき、ドドーンという音《おと》がして一瞬《いっしゅん》あたりが揺《ゆ》れました。

家康《いえやす》が干飯櫓《ほしいいやぐら》に大砲《たいほう》を撃《う》ち込《こ》んだのです。干飯櫓《ほしいいやぐら》に淀君《よどぎみ》、秀頼一行《ひでよりいっこう》がいるはずと集中攻撃《しゅうちゅうこうげき》をしたのです。

「家康《いえやす》が、我々《われわれ》を殺《ころ》そうとはじめから計画《けいかく》していたのがわかりました。断《だん》じて家《いえ》康《やす》を殺《ころ》さねば」

と淀君《よどぎみ》は、怒《いか》りに声《こえ》を震《ふる》わせて叫《さけ》びました。

「必《かなら》ず薩摩《さつま》から徳川《とくがわ》を攻撃《こうげき》しましょう」

「先《さき》に薩摩《さつま》に行《い》ってから月《つき》の安土城《あづちじょう》に移《うつ》り、月《つき》から徳川《とくがわ》を攻撃《こうげき》するのです」

と幸村《ゆきむら》が言《い》いました。

「月《つき》の安土城《あづちじょう》と両方《りょうほう》から攻撃《こうげき》をしましょう。先《さき》に家康《いえやす》を殺《ころ》さねばなりません。忍《にん》術《じゅつ》を使《つか》います」

幸村《ゆきむら》が重《かさ》ねて言《い》いました。

サンボーラーも信長《のぶなが》の命《めい》を受《う》けて秀頼《ひでより》を守《まも》っていました。信長《のぶなが》もねねも冬《ふゆ》の陣《じん》の前《まえ》に亡《な》くなっていました。信長《のぶなが》の霊《れい》はサンボーラーに乗《の》り移《うつ》っていました。

水路《すいろ》を下《くだ》った十五艘《じゅうごそう》の船《ふね》は、大坂湾《おおさかわん》に出《で》ました。

「狸《たぬき》オヤジははじめから淀君《よどぎみ》を大砲《たいほう》で脅《おど》かして、そして和睦《わぼく》という嘘《うそ》の餌《えさ》をぶら下《さ》げて淀君様《よどぎみさま》を抹殺《まっさつ》しようとした憎《にく》いやつだ」

と後藤又兵衛《ごとうまたべえ》は言《い》いました。

「今度《こんど》は、家康《いえやす》を誘《さそ》い出《だ》して陸上《りくじょう》で決戦《けっせん》をするか」

「いや、それは無理《むり》だろう。それよりも月《つき》から攻撃《こうげき》する。そして集団《しゅうだん》ごとに忍者《にんじゃ》を使《つか》って江戸城《えどじょう》に入《はい》り、中《なか》をかく乱《らん》し火《ひ》を付《つ》けて天守閣《てんしゅかく》を燃《も》やしてしまおう」

「あぁ、それがいい。そして家康《いえやす》の武将《ぶしょう》たちの頭《あたま》を一人《ひとり》ずつたたき割《わ》っていこう」

と長曾我部《ちょうそかべ》が、言《い》いました。

家康《いえやす》は干飯櫓《ほしいいやぐら》に鉄砲《てっぽう》と大砲《たいほう》を撃《う》ち込《こ》み、炎上《えんじょう》させてしまいました。干飯櫓《ほしいいやぐら》の下《した》に淀君《よどぎみ》が仕掛《しか》けた爆薬《ばくやく》が入《はい》っていたのです。それが爆発《ばくはつ》したのです。

そして木《こ》っ端《ば》みじんに吹《ふ》き飛《と》びました。

豊臣一族《とよとみいちぞく》を殺《ころ》した、と家康《いえやす》は思《おも》ったのでしょう。海上《かいじょう》から見《み》ると、すさまじい轟音《ごうおん》とともに大坂城《おおさかじょう》は真《ま》っ赤《か》に燃《も》えていました。

徳川《とくがわ》の大型鉄鋼船《おおがたてっこうせん》が十数隻《じゅうすうせき》大坂城《おおさかじょう》を監視《かんし》するため、浮《う》かんでいました。

その中《なか》に、薩摩《さつま》から来《き》た大型鉄鋼船《おおがたてっこうせん》が一隻紛《いっせきまぎ》れ込《こ》んでいました。

# 第《だい》十六章《しょう》　淀君《よどぎみ》・秀頼《ひでより》・豊臣一族《とよとみいちぞく》ら月《つき》へ脱出《だっしゅつ》

徳川《とくがわ》の旗《はた》を掲《かか》げた乗組員《のりくみいん》の兵士《へいし》は、徳川方《とくがわがた》の服装《ふくそう》をしていました。十五隻《じゅうごせき》の水《すい》路《ろ》から出《で》た小型船《こがたせん》は、吸《す》い込《こ》まれるように薩摩《さつま》の大型鉄鋼船《おおがたてっこうせん》の艫《とも》より中《なか》に入《はい》っていきました。

それから瀬戸内海《せとないかい》を通《とお》らず、太平洋《たいへいよう》に出《で》て薩摩《さつま》に向《む》かいました。

秀頼公《ひでよりこう》以下《いか》百五十名《ひゃくごじゅうめい》の落武者《おちむしゃ》は、無事四日後《ぶじよっかご》に薩摩《さつま》に辿《たど》り着《つ》いたのです。薩摩《さつま》湾《わん》の磯公園《いそこうえん》の前《まえ》に軍船《ぐんせん》は停泊《ていはく》しました。

そして、百五十人《ひゃくごじゅうにん》の武者《むしゃ》たちは淀君《よどぎみ》、秀頼公《ひでよりこう》を守《まも》りながら上陸《じょうりく》したのです。その日《ひ》は薩摩《さつま》の藩主島津公《はんしゅしまづこう》が迎《むか》えていました。

うやうやしく淀君《よどぎみ》の前《まえ》に平伏《へいふく》して秀頼《ひでより》の言葉《ことば》を頂戴《ちょうだい》しました。

「薩摩《さつま》の島津公《しまづこう》、大儀《たいぎ》に思《おも》います。よくぞ我々《われわれ》を守《まも》ってくれた。感謝《かんしゃ》しています。

今後《こんご》我々《われわれ》の作戦《さくせん》を島津公《しまづこう》に援助《えんじょ》していただいて月《つき》の安土城《あづちじょう》より江戸《えど》を攻撃《こうげき》する予定《よてい》です。宜《よろ》しく頼《たの》みますぞ」

と秀頼《ひでより》が頭《あたま》を下《さ》げて、島津公《しまづこう》の手《て》を握《にぎ》って言《い》いました。

「島津一族《しまづいちぞく》は関ヶ原《せきがはら》の仇《かたき》を討《う》つのです。何年《なんねん》かかろうとも徳川《とくがわ》を討《う》ち滅《ほろ》ぼします」

「あの嘘《うそ》つきの家康《いえやす》を絶対《ぜったい》に許《ゆる》すことができません。秀頼《ひでより》を盛《も》り立《た》てて助《たす》けてください」

と淀君《よどぎみ》も願《ねが》いました。

それから一行《いっこう》は、その後《うし》ろの小高《こだか》い山《やま》につくられていて外《そと》から見《み》えない城《しろ》の中《なか》に入《はい》りました。城《しろ》は堅固《けんご》で巧妙《こうみょう》につくられており、奥《おく》に二百人《にひゃくにん》は充分《じゅうぶん》住《す》めるようになっていました。

城《しろ》の前《まえ》の広場《ひろば》には、月《つき》に飛《と》び立《た》つ飛昇機《しょうこうき》の発射台《はっしゃだい》がありました。

秀頼《ひでより》、サンボーラー、幸村《ゆきむら》、大助《だいすけ》、真田忍者百人《さなだにんじゃひゃくにん》の一行《いっこう》は徳川攻撃《とくがわこうげき》のため、月《つき》の安土城《あづちじょう》に移住《いじゅう》すべく一ヵ月後《ご》、月《つき》に飛《と》んで行《い》ったのです。

家康《いえやす》、徳川一族《とくがわいちぞく》を倒《たお》すべく、この月《つき》の安土城《あづちじょう》が基地《きち》になりました。淀君《よどぎみ》と後《ご》藤又兵衛《とうまたべえ》たちは薩摩《さつま》の磯城《いそじょう》に滞在《たいざい》し、それから三ヵ月後《さんかげつご》、月《つき》の安土城《あづちじょう》に飛昇機《しょうこうき》に乗《の》って飛《と》んで行《い》きました。

が、

「大御所様《おおごしょさま》、しっかりしてください」

とつぎつぎに声《こえ》をかけていました。

それを見届《みとど》けた佐助《さすけ》は屋根《やね》に戻《もど》り、夜《よる》になって三人《さんにん》は窓《まど》より寝所《しんじょ》に忍《しの》び込《こ》みました。

家康《いえやす》の周《まわ》りには、秀忠《ひでただ》と井伊《いい》の二人《ふたり》がいました。

サンボーラーは、姿《すがた》を隠《かく》して窓《まど》の入《い》り口《ぐち》に立《た》って見守《みまも》っていました。

家康《いえやす》の首《くび》を取《と》るために駿府城《すんぷじょう》を襲《おそ》う綿密《めんみつ》な計画《けいかく》を七人《しちにん》の仲間《なかま》とともに立《た》てていたのです。

猿飛《さるとび》ら三人《さんにん》の偵察《ていさつ》の結果報告《けっかほうこく》を聞《き》いて分析《ぶんせき》したのです。準備工作《じゅんびこうさく》のため十日間《とおかかん》駿府城《すんぷじょう》の内外《ないがい》に流言《りゅうげん》をまきちらし、謀略《ぼうりゃく》をめぐらして放火《ほうか》し、爆薬《ばくやく》を投《な》げ込《こ》み忍《にん》術《じゅつ》を使《つか》って守備《しゅび》の軍勢《ぐんぜい》を幻惑《げんわく》するなどの作戦《さくせん》を立《た》てました。

駿府城《すんぷじょう》は服部半蔵《はっとりはんぞう》の部下《ぶか》の多数《たすう》の忍者《にんじゃ》で厳重《げんじゅう》に守《まも》られていたのです。

サンボーラーの八人《はちにん》の仲間《なかま》には、一人《ひとり》ずつ俊秀《しゅんしゅう》な忍者《にんじゃ》の付《つ》け人《びと》を付《つ》けたのです。彼《かれ》らは爆薬《ばくやく》と鉛玉《なまりだま》のつまった特殊銃《とくしゅじゅう》を腰《こし》にぶらさげていました。口火《くちび》をつけて服部陣営《はっとりじんえい》に投《な》げ込《こ》み爆破殺傷《ばくはさっしょう》するのです。接近戦《せっきんせん》になると、口《くち》にふくんだ針《はり》を敵《てき》の顔面《がんめん》に吹《ふ》きつけ倒《たお》すなど名人《めいじん》で訓練《くんれん》された達人《たつじん》ばかりです。信長《のぶなが》によって開発《かいはつ》された、三連発《さんれんぱつ》の一〇センチの短銃《たんじゅう》も持《も》っていました。敵《てき》にふりかけると、敵《てき》の全身《ぜんしん》が発光《はっこう》して焔《ほのお》に包《つつ》まれるという新《あたら》しい武器《ぶき》も身《み》につけていきました。真田《さなだ》の忍者《にんじゃ》の穴山小助《あなやまこすけ》、筧十蔵《かけいじゅうぞう》、根津甚八《ねづじんぱち》、三好清海入道《みよしせいかいにゅうどう》兄弟《きょうだい》たちが駿府城内外《すんぷじょうないがい》にひそんで、かく乱活動《らんかつどう》をするのです。馬《うま》の手綱《たづな》を切《き》って回《まわ》り、町中《まちじゅう》に馬《うま》を暴走《ぼうそう》させて道路《どうろ》をふさぐ手《て》だても指示《しじ》していました。

サンボーラーは、信長《のぶなが》の霊《れい》より、

「家康《いえやす》は必《かな》ず殺《ころ》せ。服部半蔵《はっとりはんぞう》は手《て》ごわいから油断《ゆだん》するな。家康《いえやす》のみでなく、秀忠《ひでただ》も側近《そっきん》の本多《ほんだ》、井伊《いい》、榊原《さかきばら》、坂井《さかい》らも抹殺《まっさつ》しろ」

との命令《めいれい》をうけていました。

サンボーラーと七人《しちにん》の魔術師《まじゅつし》は攻撃《こうげき》の分担《ぶんたん》を決《き》めて円盤《えんばん》で空《そら》を飛《と》んで駿府《すんぷ》の真《さな》田陣地《だじんち》に向《む》かったのです。

駿府城《すんぷじょう》を見下《みお》ろす丘《おか》の上《うえ》にサンボーラーの陣地《じんち》は、真田忍者《さなだにんじゃ》の手《て》で構築《こうちく》されていました。毎日《まいにち》のようにサンボーラーたちは城《しろ》の近《ちか》くに下《お》りていって、服部方《はっとりがた》の動《うご》きをさぐるため手下《てした》の小《こ》ものをとらえて情報《じょうほう》をとり、攻撃《こうげき》を仕掛《しか》けたのです。

駿府城《すんぷじょう》を守《まも》っていた服部忍者《はっとりにんじゃ》の三百人《さんびゃくにん》と徳川四天王《とくがわしてんのう》の本多《ほんだ》、坂井《さかい》、井伊《いい》、榊原《さかきばら》の手勢二千人《てぜいにせんにん》に対して、真田忍者二百人《さなだにんじゃにひゃくにん》をひきいるサンボーラーの二十数人《にじゅうすうにん》の精鋭《せいえい》との激《はげ》しい戦《たたか》いが始《はじ》まりました。

信長《のぶなが》の開発《かいはつ》した連発銃《れんぱつじゅう》などの数多《かずおお》くの新兵器《しんへいき》を使《つか》って攻撃《こうげき》を加《くわ》えたのです。真《さな》田忍者《だにんじゃ》の隠密行動《おんみつこうどう》の昼夜《ちゅうや》を問《と》わずの素早《すばや》いかく乱戦術《らんせんじゅつ》のため徳川方《とくがわがた》の二千人《にせんにん》の兵《へい》力《りょく》は混乱《こんらん》し動《うご》きがおとろえ、同志討《どうしう》ちなども始《はじ》まりあっと言《い》う間《ま》もなく消耗《しょうもう》してゆきました。

九日目《ここのかめ》に、サンボーラーと七人《しちにん》の魔術師《まじゅつし》を含《ふく》めた二十数人《にじゅうすうにん》は、家康《いえやす》・秀忠《ひでただ》の首《くび》

を取《と》るべき時機到来《じきとうらい》と、空飛《そらと》ぶ円盤《えんばん》に乗《の》り天守《てんしゅ》にとりついたのです。家康《いえやす》の病床《びょうしょう》を中心《ちゅうしん》に徳川《とくがわ》の重臣《じゅうしん》が集《あつ》まっていました。

真田忍者《さなだにんじゃ》たちは素早《すばや》く部屋《へや》に入《はい》り込《こ》み、ねずみ、いたち、猫《ねこ》、くもに変身《へんしん》してギャアギャアと鳴《な》き声《ごえ》をあげて部屋中《へやじゅう》をかけめぐりました。

くもに変身《へんしん》した猿飛佐助《さるとびさすけ》と霧隠才蔵《きりがくれさいぞう》は寝《ね》ている家康《いえやす》に近《ちか》づいて家康《いえやす》の顔《かお》に糸《いと》をひっかけました。

「やめてくれ、助《たす》けてくれ」と弱々《よわよわ》しい声《こえ》で家康《いえやす》は叫《さけ》ぶと、井伊《いい》、本多《ほんだ》が手《て》づかみでくもをたたきました。

家康《いえやす》と二人《ふたり》は、「いたい、いたい」と大声《おおごえ》でわめいてのたうち回《まわ》りました。くもにかみつかれ、毒《どく》で体《からだ》がしびれたのです。

佐助《さすけ》と才蔵《さいぞう》は、このときとばかり大上段《だいじょうだん》にかまえた太刀《たち》をきらめかせました。

「おのれ狸《たぬき》め、くたばれ。秀頼様《ひでよりさま》、淀君様《よどぎみさま》の命令《めいれい》だ、命《いのち》を頂戴《ちょうだい》する」

と叫《さけ》んだ二人《ふたり》の太刀《たち》が家康《いえやす》の首《くび》をはねました。

つづいて秀忠《ひでただ》、井伊《いい》の首《くび》も飛《と》びました。あたりは血《ち》の海《うみ》で、三人《さんにん》の首《くび》は、佐助《さすけ》と才蔵《さいぞう》の二人《ふたり》によって足蹴《あしげ》りにされたのです。

サンボーラーは血《ち》の臭《にお》いを嗅《か》ぎながら、

「満足《まんぞく》だ。よくやった」

と二人《ふたり》に声《こえ》をかけました。

三人《さんにん》は、直《ただ》ちに円盤《えんばん》に乗《の》って城《しろ》を脱出《だっしゅつ》したのです。

淀君《よどぎみ》に、家康《いえやす》以下《いか》三人《さんにん》の首《くび》をはねた報告《ほうこく》をしました。

月《つき》より島津《しまづ》の磯城《いそじょう》に来《き》ていた秀頼《ひでより》は、淀君《よどぎみ》と手《て》を取《と》り合《あ》って嬉《うれ》し涙《なみだ》に暮《く》れたのです。

仇《かたき》を討《う》った秀頼《ひでより》と淀君《よどぎみ》は、手《て》をゆるめずサンボーラーと幸村《ゆきむら》とともに徳川《とくがわ》の一族《いちぞく》に攻撃《こうげき》をつづけて徳川方《とくがわがた》を苦《くる》しめました。それから一ヵ月後《いっかげつご》、サンボーラーたちと残《のこ》っていた豊臣《とよとみ》の部将《ぶしょう》は安土月城《あづちつきじょう》に飛《と》んでいったのです。

サンボーラーや七人《しちにん》の近習《きんじゅう》たちも協力《きょうりょく》して月《つき》からときどき地球《ちきゅう》に向《む》かって飛《と》

んで行《い》き円盤《えんばん》で飛《と》び回《まわ》り、家康《いえやす》亡《な》きあとの徳川一族《とくがわいちぞく》や徳川《とくがわ》の武将《ぶしょう》を攻撃《こうげき》しました。

光《ひかり》の鳥《とり》の殺人光線《さつじんこうせん》は徳川方《とくがわがた》の多《おお》くの将兵《しょうへい》を焼《や》き殺《ころ》したのです。

これら真田《さなだ》の忍者《にんじゃ》たちは、それぞれの分担《ぶんたん》にしたがって飛昇機《しょうこうき》でときどき地球《ちきゅう》に現《あらわ》れ、徳川一族《とくがわいちぞく》の江戸城《えどじょう》及《およ》び徳川《とくがわ》の武将《ぶしょう》を攻撃《こうげき》し、殺《ころ》して復讐《ふくしゅう》をつづけたのでした。

**著者プロフィール**

**小川 大介**（おがわ だいすけ）

小学校4年生。発明が大好きで、数学・物理を勉強中。
作文も多数発表している歴史少年。

**悠貴 保登史**（ゆうき やすとし）

小・中学生の指導を経験し、離婚等の調停に携わる。
教育関係の著書を数冊刊行。
機械の発明・特許を多数生み出している。

**信長は生きていた！**

2005年2月15日　初版第1刷発行

著　者　小川大介・悠貴保登史
発行者　瓜谷 綱延
発行所　株式会社文芸社
〒160-0022 東京都新宿区新宿1－10－1
電話 03-5369-3060（編集）
03-5369-2299（販売）

印刷所　株式会社ユニックス


ISBN4-8355-8574-7